引き寄せて、囁いた。

「聞きたいなら…、そう、すればいい。俺が喘ぎたくなるように、あんたが…、
――――ん…ぅっ」

言い終わらないうちに唇を塞がれる。昂っていたものを包まれ、激しく扱かれた。

JN265094

駆け引きはキスのあとで

今泉まさ子

Masako Imaizumi

ILLUSTRATION
タクミユウ
You Takumi

ARLES NOVELS

この物語はフィクションであり、実在の人物・
団体・事件等とは、いっさい関係ありません。

Contents

駆け引きはキスのあとで

ネオン瞬く歌舞伎町《かぶきちょう》――。

宝生漣《ほうしょうれん》は、その雑踏の中を縫うようにして歩いていた。

人目に立つ美貌《びぼう》ながら、颯爽《さっそう》とした歩きぶりが声をかけるのを躊躇《ためら》わせるらしい。

ティッシュ配りや客引きに煩わされることなく、目的のビルの前に辿《たど》り着く。

黒光りする観音開きの大きなドアの両脇《りょうわき》には、ローマ様式の支柱を模した巨大な照明が並び訪れた客を出迎えていた。

(地味派手って感じか…)

仰々しい看板を見上げて、漣は軽く溜息《ためいき》をついた。

(『デランジェ』ね。迂闊《うかつ》な女にとっては本当に『危険』ってわけか…)

業種のカテゴリーからいえば飲食店の括《くく》りになるのだろうが、見ての通り、早い話がホストクラブである。

それが証拠に、エントランスの壁の両側には美々しい男達の写真が何枚も飾られていた。

資格を取って五年目の中堅とはいえ、敏腕と名高い弁護士である漣が、こんな場所まで足を運んだのにはわけがある。

日頃は企業法務など民事事件を主に扱っているから、職務上、こんな時間帯に盛り場をうろつく必要はない。

だが、弁護士には、弁護士会の規定で一定の社会奉仕活動が義務づけられており、その一環として、漣は、当番弁護士に登録していたのだった。

当番弁護士とは、勾留《こうりゅう》中の被疑者が一度だけ無料で弁護士を拘置所などの収監場所に呼び出すことができる制度である。

後日、交通費程度の日当が各弁護士会から支払われるのだが、労力からすれば、ボランティアといっても過言ではない。

先週、当番が回ってきた漣は、酔った上での喧嘩沙汰《けんかざた》に巻き込まれ、暴行容疑で逮捕された青《あお》木守《きまもる》という青年と留置場で接見し、懇願されるまま、彼の弁護を引き受けたのだった。

ところが、守の唯一の身元引き受け人であるはずの母親に連絡が取れず、漣は、途方に暮れてしまったのである。

他に当てもなくて、彼女が経営しているというスナックを訪ねて新宿ゴールデン街まで行ったところ、隣で立ち飲み屋をやっていた親爺《おやじ》から、守の母親が、時折、近くのホストクラブに通っていることを聞き込んだのである。

無骨ながら、一杯飲んで行けと言ってくれた親爺の厚意を、「仕事中なので」と丁寧に辞退しつつ、さらに話を聞いた。

思いもよらない愚痴に発展したのには、少しばかり参ったものの、必要な情報を得ることはできたのだった。

「――普段は悪い女じゃないんだよ。息子の面倒だって、こんな商売してる割にはちゃんと見てた方だし、そこそこ真っ当に育ったもんだよ。けどなぁ、ちょっと面倒があると、すぐホストに慰めてもらいに行っちまう。ありゃ、現実逃避ってやつだな。アンタ、先生ょぅ。あの女に会ったら、ちゃんと言い聞かせてやってくれよぉ。息子が大変なときくらい、しっかりしろ、ってよぉ。頼むよ…」

（頼まれなくたって、なんとかするさ…）

自身が母子家庭だったせいか、漣は、母一人子一人と言われると弱い。

守の事件も、本来なら着手金と呼ばれる前金を受け取ってから動くべきなのに、一銭も受け取っていないうちから、こうして奔走している。

自分個人の案件だとはいえ、これがバレたら籍を置いている事務所の所長には大目玉を食らうだろう。

曰《いわ》く、仕事として請け負うなら金を請求しろ。タダの仕事は、無償奉仕で引き受けてやっていると思って雑になるものだ。

きちんと職務を全うするためにも、相応の対価は必ず受け取れ――――。

漣自身、大先輩であり高名な弁護士でもある上司からの薫陶《くんとう》は、常日頃からその通りだと思ってきたし、実行もしてきた。

だが、今回ばかりは、請求書を出す前に行動してしまっている。

軽い溜息を一つつき、漣は黒光りする重い扉を押し開いた。

「いらっしゃいませ」

中に足を踏み入れ、背後で扉が閉まりきらないうちに、スーツ姿の若いホストに、待ち構えていたかのように頭を下げて迎え入れられる。

（入ってきたのが男なのに、不審そうな顔をしないな…）

少なからず感心していたのも束《つか》の間、顔を上げたホストは、瞬時に驚いたような表情をした。

（入ってきたのは全部「客」だとでも思ってるんだろうけど、一応、見て確かめろっての）

そんな文句を胸に秘めていることなどおくびにも出さず、物柔らかに話しかける。

「――人を捜しているんですが…」

少しずつホストの方に近付きながら、漣は、とっておきの営業スマイルを浮かべてみせた。

途端に、ホストがのぼせでもしたかのように、ぽうっと顔を赤らめる。

この必殺技は、筋金入りの頑固者と評判の企業家の胸襟《きょうきん》も開かせた実績があるのだ。

幾多の美女を見慣れたホストといっても、二十歳そここの若僧など一捻《ひとひね》りである。

「青木ミチヨさんは、今日はこちらにおいでですか？」

「あの……？」

漣の美貌に見惚《みほ》れたのか、白昼夢でも見たかのようにぽうっとしていたホストの表情が、次第に訝《いぶか》しげなものに変る。

警察かと勘繰っているのかもしれない。

「申し遅れました。私は、青木ミチヨさんの息子さんの弁護士の宝生と申します。お話があって、ミチヨさんを捜しておりまして。こちらにいると伺ったものですから…」

名刺を差し出しながら告げると、ホストの顔から不安は消えたが、訝しげなものは浮かんだままだ。

どうしたらいいのか迷った末に、自分で判断することを止《や》めたらしい。

「すみません。オーナーに相談してくるんで、ちょっとそこで待っててもらえますか？」

漣が頷《うなず》くと、ホストは足早に店の奥へと消えて行く。

一人取り残されるかと思ったが、客引きを終えたのか、見送ったのか、ホストが二人ばかり店に入ってきて、漣を胡散臭《うさんくさ》そうに眺め回す。

そうこうしているうちに、ようやく僅《わず》かに表情を強張《こわば》らせたホストがオーナーらしき男とともに、漣のいるエントランスへと戻ってきた。

（ボスキャラ登場…ってか？）

と、途端に、エントランスに立っていたホスト達が背筋を伸ばした。

彼らの全身から微かな緊張が漲《みなぎ》っているのが感じられる。

従業員が雇用主に敬意を表するなどという域を超えた、ある種の絶対的な支配感のようなものをそこから感じた。

（今となったら死語だけど、カリスマっていうのは、こういうもんなのかもな…）

そう漣が思ったのも無理はない。

今しがた店に戻ってきたホストや、オーナーの背後でそわそわしている下っ端ホストとは、明らかに風格が違う。

年のころは三十代の半ばだろうか。薄い笑みを浮かべた表情とは裏腹の、威圧感たっぷりの視線を湛《たた》えた堂々たる美丈夫だった。

身に纏《まと》うスーツは、いかにも、なイタリアンメイド——ゼニアかアルマーニか。

成功した経営者らしく衣類に金をかけ、これ見よがしにダイヤ入りの金時計を手首に光らせているのは、もっと稼いで俺のようになってみろと従業員を鼓舞するためか。

女に貢がせて成り上がった男らしく、少々くどいように感じるはっきりした目鼻立ちをしているが、成功した自信が、その表情の奥底に潜む精悍《せいかん》さと野性味に拍車をかけているようだった。

「オーナーの王嶋《おうしま》です。——弁護士の先生が、当店にどのようなご用件でしょうか?」

(その、センセイって言い方に刺《とげ》があるって…)

半ば揶揄《やゆ》を秘めた敬称で呼ばれた漣は、腹のウチで苦笑を押し隠す。

美人だと評判だった、今は亡き母譲りの面立《おもだ》ちは、十人が十人とも「美形」と賞賛して違《たが》わないものだ。

その上、職業柄、その細身に纏うスーツは地味な印象でも、漣個人の趣味を反映した上質なものだったから、肥えた目を持つ人間が見れば、弁護士どころか、親の会社で形ばかりの役員を名乗っているチャラチャラした御曹司《おんぞうし》のような印象を与えてしまうだろう。

(こんな商売してるんだから、ここのオーナーも海千山千、なんだろうけど、こっちだって、舐《な》められるのには、慣れてるんだよ)

容貌《ようぼう》のせいで侮られることが間々あるからこそ、弁護士バッチをわざとスーツの襟につけたままにしてきたのだ。

金色の小さなバッチを縁取るのは太陽の下で咲き誇る向日葵《ひまわり》。その中で燦然《さんぜん》と輝くのは天秤《てんびん》。自由と正義を表す向日葵と、公正と平等を表す天秤とが意匠に彫り込まれている弁護士の証《あかし》は、漣の誇りでもあった。

だから臆《おく》したりはしない。

依頼人の利益のためになるのなら、尚《なお》のことだ。

「弁護士の宝生と言います」

王嶋に向かって、改めて名刺を差し出しながら、名乗る。

「青木ミチヨさんが来店されていますね？　私は、ミチヨさんのご子息、青木守さんの弁護士です。お伝えしなければならないことがあって、ずっと捜していたんです」

歌舞伎町を行く女達よりも数段整った面立ちに、少し困ったような表情を上手に混ぜ、漣は穏やかに説明する。

「———店内での揉《も》め事は困ります」

「揉めたりはしません。話をするだけです」

「その話の具体的な内容をお聞かせいただきたい」

「依頼人のプライバシー保護と守秘義務に関《かか》わることですので」

短い攻防は、一瞬、二人が対峙《たいじ》しているエントランスを氷点下の雪原に変えたが、結局、弁護士相手に面倒を起こすことこそを厭《いと》うたのか、王嶋が一歩引いた形で、一旦《いったん》は収まったようだった。

王嶋が、背後で控え、息を潜めて成り行きを見守っていたらしいホストに、顎《あご》をしゃくって言う。

「――お客様に確認してこい。このセンセイをお席にご案内してもいいかどうか」

「はい…っ」

慌てた様子で中に戻って行くホストの後ろ姿を眺めていた漣は、王嶋の権力のほどを見せられた気がした。

(まさに天の声ってとこなんだろうな。王嶋ね…。王サマの間違いなんじゃないか?)

僅かな腹の探り合いの中でも、この男の傲慢《ごうまん》さの片鱗《へんりん》を感じていた。

余裕ある態度から醸し出される、何もかもを見下すような、他者を威圧するかのように強烈に放たれる気配が漣には、少しばかり癪《しゃく》に障る。

すぐに戻ってきたホストが、声を潜めて何事かを王嶋の耳に囁《ささや》いた。

「ご案内して構わないそうですので。――――こちらへどうぞ」

手の平で店の奥へと示される。

僅かな廊下を進む間にも、エントランスにいた時から洩《も》れ聞こえてきた嬌声《きょうせい》が格段に大きくなっていく。

酒と煙草《たばこ》の匂い。それに混じって、女達とホストがつけている香水の香り。

外観の体裁を繕って、さも高級そうに見せかけているものの、一歩フロアに入ってしまえば水商売にありがちな猥雑《わいざつ》な雰囲気は、他のどんな店とも変わらない。

(大分、儲《もう》かっているみたいだな…)

漣の顧問先にはクラブやバーを経営している者はいないが、レストラン経営者ならいる。

かなり広い店内は、こういった店の割には内装もケバケバしいものではなく、木材を使い、ダークブラウンの色調を主としたシックなものになっていた。

アイボリーで統一されたソファも女性の服装が映える効果を狙《ねら》っているのだろう。

ホストクラブではなく単なるバーか何かだったら、自分も寛《くつろ》げそうだな、と思わせられたのには、意外な気もした。

店の内装は、そのコンセプトもさりながら、結局は経営者の好みを反映させるものになるからだ。

(これが、この男の趣味だ…ってわけ?)

第一印象があまりよくなかったせいか、どうしても辛口に考えてしまう。

漣を連れた王嶋がフロアに現れた途端に、瞬時に変貌《へんぼう》した店内の空気も気に食わなかった。

立ち働いている者は勿論《もちろん》、接客中の者までもが、一様に緊張感を漲らせたのがわかる。

客も同様だった。王嶋の姿を目に留めた女性達は、席につかせたホストと話を続けながらも、視線が歩く王嶋を追っていた。

その様子は、無礼講で騒ぎ興じる臣下を睥睨《へいげい》して回る王のようにも見え、漣は、反発とともに驚きが生じるのを禁じえない。

(女で一財産築けるはずだ…)

と、先導していた王嶋が、店の中央よりの席で立ち止まった。

「青木様、弁護士のセンセイをお連れしましたよ」

王嶋が話しかけると、ソファの中央で、酒を満たしたグラス片手に数人のホストに囲まれ、引き攣《つ》るような笑い声を上げていた中年の女が、酔って、とろんとした目を上げた。

息子の話では、まだ四十代のはずだが、苦労しているのか、不摂生のせいか、五十をとうに超しているように老けて見える。

青木ミチヨは、視線の先に漣を認めると、一層騒々しい笑い声を立てた。

「誰よぉ、それぇ。新しく入った子ぉ？　ちょっとぉ、スッゴイ美形じゃな〜い！　突っ立ってないで、こっちに来なさいよぉ。一緒に飲みましょうよぉ」

どうやら、ミチヨはかなり酔っているらしく、使いのホストが言ったことをまるで理解していない様子だった。

それを察したのか、王嶋が説明のために口を開きかけたのを、漣は咄嗟《とっさ》に押し止める。

はしゃいでいるミチヨのすぐそばまで行き、床に片膝《かたひざ》をついて、真っ赤なマニキュアを塗りたくった皺《しわ》だらけの手をそっと取った。

その光景に、オーナーの挙動を意識の隅で注視していただろうホスト達が、一斉に息を呑む。

最近はプロポーズの際にやる男もいるらしいが、基本的に日本人の男には、跪《ひざまず》いて女性の手を取るなど、気恥ずかしい行為の骨頂だ。

その気障《きざ》が過ぎて滑稽《こっけい》にすら思える行為を平然とやってのけ、あまつさえ、それが妙にしっくり似合ってしまっている。

全然全くおかしくない――――というより、思わず見惚れてしまうほど、はまってしまっていたから、気になって仕方がないのだろう。

今や、客は勿論、ホスト達も、自分達のことはすっかり疎《おろそ》かになって、気のない会話をする振りをしつつ、耳だけはダンボ並みに広げている始末だった。

「え…、あら、いやだ、――――ちょっと…」

当のミチヨは予想外のことに驚き、アルコールで赤かった頬《ほお》をさらに赤く染める。

少女のように胸をときめかせてしまったらしいミチヨに向かって、漣は、にっこりと微笑みかけた。

けたたましく笑うのを止め、一瞬呆《ほう》けたような表情になったところで、ゆっくりと、噛《か》んで含めるようにして話しかける。

「私は、青木守くんの弁護をすることになった、弁護士の宝生と言います。お母さんのことは、守くんから聞いていますよ」

「――――守…？」

息子の名前を聞いた途端、ミチヨの顔色が変った。

漣に摑《つか》みかからんばかりにして、喚《わめ》き出す。

「守…っ、あの子に会ったの？　何時《いっ》っ⁈」

「昨日も会いました」

「どうしてっ？　だって、アタシは会わせてもらえなかったのよっ。母親なのにっ。警察の人がダメだって、アタシのことは追い返したのよぅ」

「接見禁止がついているので…」

「せっ……、――――なんですって？」

「接見禁止です。この処置が取られると、たとえ家族でも、勾留中の被疑者に会うことはできません。会えるのは、弁護士だけです」

「――――弁護士……？　アンタ、弁護士なの？」

「そうですよ」

さっきからそう言ってんだろうが！　と、その場を見守っていたホストや客の全員が心の中で突っ込みを入れたに違いなかった。

が、漣は、声も表情も変えず、あくまでも穏やかに話し続ける。

「でも、あの子、弁護士さんなんて、そんなエライ人に知り合いなんかいないはずだし…」

「当番弁護士という制度があるんですよ。捕まったら、誰でも一度だけ、留置場へタダで弁護士を呼ぶことができるんです。もし雇いたければ、あとで個人的に契約すればいい。私は、守くんから依頼を受けて、彼の弁護を引き受けました」

大人しく話を聞いていたミチヨは、だが急に声を荒げて、吐き捨てるように言った。

「無駄よっ。どうせ、あの子だって刑務所に行くんだからっ。今さら弁護士なんか雇ったところで、意味なんかないわよっ」

「そんなことはありません。確かに息子さんは暴行容疑で逮捕されてはいますが、状況からみて、私は正当防衛の線で押すつもりですよ。大体、息子さんと一緒にいた方は骨折して入院するほどの重傷を負わされているんです。先に手を出したのも先方だとの目撃証言もあります。幸い、守くんには前科はありませんし、検察官にこちらの主張をある程度聞いてもらえて、相手と上手く示談ができれば、実刑の可能性は低くなると思いますよ」

「――じゃあ、じゃあ、守は刑務所に行かなくてもいいんですかっ」

話を飲み込めてきたらしいミチヨは、漣のスーツの襟を摑んで、身を乗り出して聞いてくる。

結構な愁嘆場だが、幸い、他の席にいる女性客もホストも、ドラマか何かでも見ているような気分になっているのか、完全に傍観者に徹していた。

あとで、一頻《ひとしき》り話のネタになるだろうが、それは仕方がない。

「そうならないよう、努力しましょう」

百％の確約を請け負ったわけではなく、できるだけの努力をするという、ある意味、はなはだ心もとない約束だったのにも拘《かかわ》らず、ミチヨは安心したようにホッと表情を緩めた。

「――――アタシ、アタシ、怖くて…。亭主と同じように、あの子まで刑務所に入れられると思って。そうしたら、亭主が出てったように、あの子も、もう帰ってこないんじゃないかって思って…」

「大丈夫ですよ」

漣は、安心させようと、ミチヨの手を握る力を強くした。

「先生……」

「守くん、お袋に心配かけた、絶対に怒られるって、涙目になっていましたけど、チャーハンが食べたいって言ってました。店で食べるのより美味《うま》いんだって」

漣が言うと、ミチヨは霞《かす》んでいた視線の焦点を徐々に戻し始める。

「アタシ、若いころ、ラーメン屋で働いたことがあって、そのときに教えてもらったんです。だから、チャーハンだけは上手く作れるの。他はたいしたことないんだけど。守も、チャーハンだけは、美味《おい》しいって…」

「帰ってきたら、作ってあげてください」

「――帰ってこられるんですか？」

アルコールの酩酊《めいてい》を押しのける母の愛が、俄《にわ》かにミチヨの頭の回転を、少しでもまっとうな状態へ戻そうとしているのを見て取った漣は、ここぞとばかりに話し出す。

「保釈申請をしましょう。書類は全て揃《そろ》っていますから、あとは身元引き受け書にお母さんの署名をすれば、明日の朝一番で裁判所へ提出できます。私が裁判官とかけ合ってきます。検察官がうるさく言うでしょうから、結果がどうなるかはわかりませんが、上手く許可が下りたら、保釈金を積まなければなりません。守くんの経済状態から推測すると、大体二百万円前後になるでしょうが、すぐに用意できますか？」

「はいっ、はい、勿論ですっ。用意します。なんとしても、必ず…」

保釈、と聞いて、ミチヨの目が輝き出した。

「じゃあ、今日は、もう帰りましょうね」

立ち上がった漣は、優しく言いながら、あらためてミチヨの腕を取った。

「祝杯をあげるのは、少し早すぎますよ？」

ね？　と微笑まれて、釣られたようにミチヨはふらふらと立ち上がる。

「会計を…」

ミチヨの肩に手を回し、出口へ促しながら近くにいたホストに合図をした。

泥酔状態で大騒ぎをしていたミチヨを宥《なだ》める漣の手腕に見入っていたホスト達は、その一言で、呪縛《じゅばく》が解けたように動き出す。

「これが、敏腕弁護士のお手並みですか？」

ミチヨが会計をしているのを少し離れて見守っていた漣に、王嶋が話しかけてくる。

「突然の出来事に動揺している関係者を落ち着かせたに過ぎません。弁護士なら、誰でもやることですよ」

誉《ほ》め言葉を軽く受け流すと、王嶋は、面白そうに片方の眉《まゆ》を上げてみせた。

「――よかったら、近いうちに時間を取っていただけませんか？」

「は…？」

先ほどの上から威圧するような物言いは鳴りを潜め、経営者らしい鷹揚《おうよう》な態度で王嶋が聞いてきたのに、漣は一瞬、耳を疑ってしまった。

「こういう商売ですから、トラブルには事欠きません。専門家の力をお借りしたいことは山ほどありまして…」

言いながら、王嶋は名刺を差し出してくる。

光沢のある紙片には、株式会社オウシマコーポレーション、代表取締役王嶋柾輝《まさき》、と印刷してあった。

　さっきと随分態度が違うじゃないか、と内心で苦笑を押し隠しつつ、漣も寛容なところを見せようと努める。

「構いませんよ。事務所へ連絡をください。秘書がスケジュールを調整しますので、日をあらためてお話を伺いましょう」

「では、また、後日――」

　約束を取り交わしている間にミチヨが会計を済ませる。

「先生、お待たせ致しまして…」

　少し酔いが醒《さ》めたのか、ミチヨは言葉遣いもあらたまり、態度もしおらしいものになっていた。一人息子を唯一助けてくれるだろう漣に、縋《すが》るような眼差《まなざ》しを向け続けているのは変わらず、これには苦笑を押し隠しつつ、それでも少なからずホッとする。

　息子のことなどお構いなしのホスト狂いのアバズレ女だったら、どうやって身元引き受け書にサインさせるか、散々知恵を絞らねばならなかっただろう。

「じゃあ、行きましょうか」

　漣はミチヨを促して店を出た。

「ありがとうございました」

　手の空いたホスト達がエントランスに揃って見送ってくれるのには、閉口した。

「息子さんが落ち着いたら、また顔を見せに来てくださいよ〜」

ミチヨの担当らしいホストがそれとなく次回の来店をねだるのには、脱帽である。

（まっ、ホストだからな…）

半分呆《あき》れつつ、漣は、デランジェに背を向けたのだった。


漣が籍を置く江木原《えぎはら》総合法律事務所は、所長の江木原以下、中堅どころの勤務弁護士――通称イソ弁が漣を含め五名。弁護士の人数からいったら、業界的には小規模の方だろう。経験値でいえば、漣は下から二番目。今年、弁護士になったばかりの新人のすぐ上に位置しながら、キャリアは五年目であった。

同期には、独立して、個人の事務所を構えている者も目立ってきている。

漣も既に多くの顧問先を持っており、その全てが経営が安定している中小企業だったから、たとえ今すぐ独立したとしても余裕を持って営業していけるはずだ。

だが、漣は、今のところ独立するつもりも、移籍するつもりもなかった。

江木原が名の通った弁護士なためか、小規模ながら、事務所には結構大きな案件が持ち込まれ、仕事はやりがいがあるし、人間関係も安定している。

なにより、まぁまぁの給料をもらいながらも、漣が個人で取ってきた仕事についてはそっくり個人収入になるというオイシイ条件の事務所を辞める必要は全く感じない。

勿論、江木原から割り当てられた事務所の案件はしっかりこなした上で認められている、個人裁量の案件なのだが。

漣の先輩格に当たる他の三人のイソ弁もそれは同様らしく、一番年嵩《としかさ》の弁護士に至っては、もう二十年も勤めており、今や江木原の右腕と化している。

勿論、江木原が使えないと踏んだ者は、入所して二年もすると肩を叩かれ、独立を促されてしまうから、残っているのは、皆、かなりの手腕を持った精鋭なのであった。

江木原は弁護士としても経営者としても一流で、現在事務所が入っているのは、二年前に建ったばかりの最新型オフィスビルのワンフロアである。

近隣を再開発して建築されたビルは巨大で、一部上場企業から新興のIT系まで様々な企業が入居しているものの、賃貸でないのは江木原総合法律事務所くらいであろう。

底地の一部を所有していた江木原は、持ち前の交渉能力をフル活用して、等価交換という条件のもとに等価以上の物件を手にしていた。

アメリカもののドラマよろしく、弁護士には全員個室が与えられており、秘書達がいるフロアを囲むように設《しつら》えられている。

最近では裁判所もOA化が著しく、ものによってはデータで提出する資料もあるくらいなので、事務所にある機器は全て最新鋭の設備を揃えていた。

江木原が単なる新しモノ好き、という面は否めないものの、漣達イソ弁にはありがたいことだった。

「宝生先生、四時にお約束の王嶋様がおみえになりました」

「お通ししてください」

秘書からの内線通話で王嶋の来所を告げられた。

この事務所には、応接室が三室の他に会議室まであるが、よほどのことがない限り、個人の案件は、自身の個室で接客することになっている。
十五、六畳はあるだろう個人用スペースには、デスクや天井まで届く書架の他に、革張りの応接セットが用意してあった。
ソファの色は当然、黒。

そもそも、弁護士に相談があるという人間は問題を抱えているから会いに来るのであって、問題を抱えている人間は、往々にして普段の精神状態でないことが多い。

しかも、若いとはいえ、『弁護士の先生』に会うというので緊張して、出された茶を引っくり返したり、ペンやマジックを落としたりと、粗相をする依頼人があとを断たない。

汚れの目立たないものを、というのは、引っ越しに合わせて家具を一新した際、秘書達が揃って口にしたお願いであった。

室内清掃は専門の業者がやるが、客が引っくり返した茶を片すのは彼女達の仕事である。

依頼人が落ち着くようなベージュ系の優しい色を、という弁護士側の希望は、実用性を尊重する江木原に即座に却下されたのであった。

ノックがされ、秘書の岸田《きしだ》が王嶋を案内してくる。

岸田は、江木原法律事務所の秘書の中では中堅どころで、漣も頼りにしているしっかり者だ。

二十代半ばながら浮ついたところがあまりなく、イマドキの若い女性の割には落ち着いている。

その岸田の頬が、いつになく紅潮しているのを見た漣は、思わず苦笑してしまった。

(岸田さんでも、ポーッとなるか…)

現役ホストを引退したとはいえ、王嶋の男としての魅力は現役バリバリらしい。

王嶋に関する調査書の内容を思い出して、漣はある意味、感嘆した。

机の中に入っている薄っぺらい報告書の中には、王嶋柾輝に関する身上調査の結果がぎっちりと書かれている。

デランジェに青木守の母親を訪ねた翌日、知己の調査事務所に頼んで、簡単に調べてもらった結果だったが、薄い割には濃い内容だ。

報告書によれば、歌舞伎町で幾つかの店を渡り歩いたが、そのいずれの店でもNo.1として君臨し、記録的な売上を誇っていたこと。

今では歌舞伎町一と言われるホストクラブ『デランジェ』だけでなく、レストランやバー、カフェ、果てはエステサロンまでも経営する会社のオーナー社長であり、元ホストとしては異例の成功をおさめた、いわば歌舞伎町の生きる伝説と化しているらしいこと。

ホストから年商数億と噂《うわさ》される会社を築いた歌舞伎町の帝王に憧《あこが》れる若いホストは、引きもきらないらしいこと——。

いくら取り締まりが強化されたといっても、ヤクザや暴力団と何らかの繋《つな》がりを持たなければ生き残ることが難しい歌舞伎町という土地で、そういった組織から一定の距離を置き、それが許されているということも報告書には書かれていた。

ただし、どういう事情で地場の顔役達が王嶋に手出ししないのかまでは調べきれなかったようで、触れられてはいなかった。

そうしたことから考えるに、これから漣に依頼しようという人物は、年齢の割には一癖も二癖もある海千山千の男だということになる。

気合を入れてかからないと、どういう風向きになるか見極めるのが大変だな、と漣はいつも以上の慎重さを自分に課した。

「こちらへどうぞ…」

手の平でソファを指し示した漣は、部屋に入ってきた王嶋の背後に若い男が付き従っているのを見つけた。

その若さや、着ているカジュアルな服装から、まさか秘書じゃないだろうけど、と思っていると、勧められるままに腰を下ろした王嶋が、漣の胸中を察したように口を開く。

「うちのNo.1です。今日は、コイツのことで、ちょっとしたご相談がありましてね」

「ミナトです」

頭を下げた男を見て、なるほど、と思う。

容姿は確かに人目を引くもので、モデルかアイドルでもいけそうな感じだが、それ以上に、醸し出される雰囲気が人懐こくて、撫《な》でられるのを待っている犬のようだ。

初対面で、しかも弁護士に会いに来たというのに気構えたところがまるでない。

ミナトに軽く笑いかけられたら、女性達は自分でも気づかないうちに心を許してしまうのだろうな、と思わせるものがある。

(岸田さんが赤くなったのは、もしかしたら、コッチのミナトの方か…?)

そんなことを思っていたら、ミナトが思い出したように言った。

「あっ、ミナトって源氏名じゃないですから。本名もミナトっていうんで。鈴木《すずき》湊人《みなと》。でも、ホラ、鈴木ってありがちでしょ〜。ホストで鈴木ってありえないですよね〜。ダサイっつうか。でも、ミナトって結構よくないですか？　俺は淋《さび》しい女の港《ミナト》だから〜とか言うと、案外うけるし。自分ではサム！　って思うんですけどぉ」

「おい……」

立て板に水とばかりに喋《しゃべ》り捲《まく》るので、呆れたらしい王嶋がすぐに窘《たしな》めたものの、ミナトは肩を竦《すく》めてニヤッと笑っただけだ。

他のホスト達なら王嶋に睨《にら》まれようものなら真っ青になって硬直するだろう。

が、どうやら、ミナトはしょっちゅう叱《しか》られているのか、ちょっと怒られたくらいでは、どうということはないらしい。

そんな悪びれない態度も、どこか憎めない感じすらするのだが、こういう図太さも№1たる所以《ゆえん》かもしれないな、と漣は思った。

「それで、ご相談というのは？」

茶を運んできた岸田が下がっていくと、漣は話を促した。

「客の親から訴えられそうなので。その対処をお願いしたい」

あまりにも端的な説明に一瞬、絶句しそうになったが、気を取り直した漣は、にこやかに口を開いた。

「親の金でも持ち出したっていうんですか？　それにしたって、ミナトくんが唆《そそのか》したりしたのじゃなければ、責任はないでしょう」

「問題の客というのが、女子高生でね」

王嶋は、しれっと重大事実を暴露し、相手の代理人だという弁護士から送られてきた文書を漣

に手渡してきた。

「女子高生…って、未成年じゃないですかっ」

ざっと目を通しながら、声を上げた漣に、王嶋は、些《いささ》かうんざりした表情で言い足した。

相手の弁護士から執拗《しつよう》に電話がかかってきて、その応対で随分と仕事が妨げられているらしい。疲れた表情と比例するように、口調からも丁寧さが消えていた。

「うちだって、警察の手入れを受けたいわけじゃない。未成年者お断りの看板は掲げている。女なんて、化粧と衣装でいくらだって化けるもんだ。あからさまに不審な場合はともかく、本人が二十歳だと言ったら、疑う理由なんかないだろう。まさか、入口でいちいち身分証明を出させろとでも？」

「――それは興醒《きょうざ》めでしょうね。営業上、無理がある」

「だろう？」

王嶋は、ろくでもない客のせいで問題を抱え込んだのが煩わしいという態度を隠しもせず、精悍な面立ちを歪《ゆが》める。

「商売柄、客とのトラブルがないわけじゃない。ホストなら女に詰《なじ》られるのも仕事のうちだ。だが、未成年者から金を巻き上げていたとなれば話は別になる」

「ええ……、問題が大きくなるでしょうね。最悪、児童買春法で引っ張られることになりかねない」

黙り込んだ経営者と弁護士を眺めていたミナトが口を挟んだ。

「それって、知らなくってもダメなんですか？」

「知らなくってもって…、彼女が未成年だったたってことを？」

漣が聞き返すと、ミナトが頷いた。

「最初は、俺の客が友達を紹介するって連れてきたんです。同じ店の子だからって言って」

「店？」

「キャバクラです。俺の客は、半分くらいそっち系なんで…」

「ミナトの、というより、ホスト遊びをする女の半分以上は水商売だろう。キャバクラやソープ、中には銀座《ぎんざ》や赤坂《あかさか》辺りのホステスもいるが…」

漣は手にした文書にあらためて目を落とした。

向こうの弁護士は、未成年者を店に誘い込み、淫《みだ》らな接客をして金銭を引き出させたのは不法行為だと通告してきている。

さらに、当の女子高生とその両親に対する謝罪と、今までにミナトに貢いだ金銭及び慰謝料の支払いを要求していた。

要求が受け入れられない場合には、児童買春法違反で告訴するとまで言ってきている。

「キャバクラね……」

漣は、柳眉《りゅうび》を上げ、少しだけ思案する。

（ミナトの客のキャバ嬢の言っていることが本当なら、未成年でキャバクラ勤めしてたってことだよな？　そっちの方がヤバイだろう）

「そのキャバ嬢って、どういう客ですか？　金払いとか、店に来る頻度とか…」

漣が聞くと、歌舞伎町一のホストクラブで№1を張るだけあって、ミナトは直《す》ぐに、ああという顔をした。

「太客《ふときゃく》か、ってこと？」

「ミナトくんに、どれだけ入れ揚げている感じなのかな。ちょっと冷たくされたりしたら、君を陥れたりするようなタイプ？」

それはないっすね、と即座にミナトは否定した。

「ナミは面倒見がよくて、惚《ほ》れた男に尽くしまくるタイプっしょ。騙《だま》されたことはあっても騙せないっつうの？　他人の借金、頑張って返しちゃうような、そういう系っすね」

あまりにもきっぱりと人物判定をするミナトの言いっぷりに、漣は苦笑を隠せない。

ナミというキャバ嬢の人となりが目に浮かぶようだ。

（さすが№1。よく見てる…）

「そのナミさんにお会いして、お話を伺うことはできますか？」

口元に浮かんでしまった笑みを隠すことを諦《あきら》め、漣はミナトに尋ねる。

「え…？　ああ、それは大丈夫ですけど」

漣の笑みに見入られたのか、ミナトは一瞬だけ呆けていたが、直ぐに頷いた。

「そのナミさんの話を聞いて、それからあちらへの回答を考えましょう。ナミさんの話次第では、攻守が変わるでしょうし…」

漣が言うと、ミナトはあからさまにホッとした表情を見せた。

何でもないように振る舞っていても、さすがに不安だったのだろう。

「大丈夫。話し合って交渉していけば、なんとかなるでしょう。この文面からすると、相手方の目的は金銭ではないかと勘繰れなくはないですし。最悪の場合、金で片をつけるということでよろしいんですよね？」

漣は、王嶋の顔を見据えながら問うた。

視線を受け止めた王嶋は、当然だと言って頷く。

「こんなことで、店は勿論、ミナトの先々を潰《つぶ》されるなんぞ真っ平だからな。金額にもよるが、常識的な範囲内であれば構わない」

途端にミナトがギョッとする。

「それって、俺への貸しってことですよね、オーナー？」

「当然だ。いくらになるか知らんが、おまえならどうってことないだろう？　車や時計に注《つ》ぎ込むのを控えればすむ」

マジかよ、とミナトは頭を抱えたが、それでもムショよりマシか、と呟《つぶや》いた。

「ミナトくんも、よろしいですか？」

「はい。よろしいです」

そう言って、よろしくお願いします、とミナトは頭を下げる。

パサパサの茶髪がひょこっと揺れた。


王嶋から時間を取ってほしいという連絡があったのは、ミナトの事件が無事解決して二日も経《た》たないうちだった。

交渉の末、相手が引き下がり、一銭も支払うことなく無事に決着を見たのだが、詳しい報告は済ませていたし、既にミナト自身から報酬も受け取っていた。

なので、さらに何かあったのかと電話越しの声に不審なものを醸し出してしまったらしい漣に、王嶋は、礼を兼ねて食事でもと言う。

仕事として受けたのだし、正当な報酬ももらっているからと遠慮したのだが、どうしても、とのことで、漣も承知した。

王嶋が席を設けたのは、民家を改築したらしい料理屋だった。民家といっても、宮大工が建てたという昭和《しょうわ》初期の木造家屋で、四畳半や六畳ほどの個室で懐石料理を饗《きょう》している。

料理人も京都《きょうと》の老舗《しにせ》で修行したという本格派で、落ち着いた佇《たたず》まいと相俟《あいま》って、久しぶりに寛いだ気分での食事となった。

蔵元から直接仕入れているのだという大吟醸《だいぎんじょう》の口当たりがよいせいか、漣が密《ひそ》かに懸念していたような気詰まりな雰囲気にもならず、和やかに会話が弾んだ。

王嶋だとて、元はホスト。それも伝説とまで言われた男なのだから、相手を気持ちよくさせる話術は会得しているはずである。

だが、初対面の印象が拭《ぬぐ》いきれないのか、漣は食事の間中、蛇に睨まれた蛙《かえる》のような気分を味わうのではないかと思っていたのだ。

(杞憂《きゆう》だったな…、完全に)

誘われるまま河岸《かし》を変え、王嶋が経営しているというバーに席を移した。

歌舞伎町からは少し外れたビルの中にあるバーは、同じビルの階下にある中華料理店と提携しているので、前菜や軽い料理ならその店のものが運ばれてくるという。

食通の間では評判の店だが、手堅い経営をするのか支店などもなく、予約が取りにくいことでも有名だ。

（よく、あの店を納得させたな…）

漣が感心していると、王嶋が、何か運ばせるかと聞いてきた。

「いえ…、さすがに…」

八寸《はっすん》から水菓子まで一通り食したあとでは、いくら勧められても胃に収めるのは困難だった。

「次回は、是非…」

王嶋はそう言うと、自ら漣を席に案内した。

店内の奥の壁は一面ガラス張りになっており、夜が更けても一向に人通りが少なくならない靖《やす》国《くに》通りが見下ろせる。

窓際の奥まった席に落ち着くと、言ってあったのか、待つまでもなく従業員がグラスを運んできた。

「いつも、私が飲んでいるものなんだが。口に合わないようなら他のものを持ってこさせよう」

「構いませんよ。カクテルが欲しいような気分でもありませんし」

漣は言うと、オールドファッションのグラスに半分ほどの琥珀《こはく》色の液体を口に含んだ。

途端に、芳醇《ほうじゅん》な香りが広がる。

「スコッチですか？」

そう問うと、国産だが、と笑みが返ってきた。

「北海道《ほっかいどう》の醸造所から取り寄せている。市販はされていない上、香りや口当たりが似ているせいか、飲んだ人間は大抵間違える」

江木原が洋酒好きでご相伴に預かることもあるから、全く味を知らないわけではない。

漣には、国内有名メーカーの二十五年、五十年といった上物よりも喉《のど》を流れる瞬間がまろやかに感じる。

「大切な客にしか出さない酒でね」

そう言って、王嶋は微かな笑みを浮かべた。

「大切な客」という言葉に、漣は少なからず驚かされる。

「正直言って、ホスト風情の頼みごとに、あれほど親身になってもらえるとは思っていなかった」

自ら、「ホスト風情」などと言うあまりに率直な言葉に、漣は笑い出してしまいそうになった。

「心外ですね。俺はどんな依頼人にも、できうる限り親身に対応しているつもりですよ」

王嶋の言葉や態度から構えたものが消えたのを感じたせいか、「私」が「俺」になってしまったことに気づいたが、酒のせいにしてしまうことにする。

「博愛主義なのか?」

からかうような言葉に、とうとう笑ってしまう。

「まさか。違いますよ。弁護士なら当たり前のことです。依頼人のために最善を尽くす…。それだけです」

そう言ったものの、やはり笑い出している王嶋を見ていると、明らかに漣の言葉を信じていないようだった。

当たり前だろう。

王嶋と揃って事務所を訪れた数日後、ナミを連れて再びやってきたミナトも一緒に聞き取りをし、ナミもキャバクラの支配人も揃って件《くだん》の女子高生に騙されていたことなど、女子高生の行状を仔細《しさい》に突き止めることまでしたのである。

漣は、それら全てを確認した上で、文書を作成して、相手の弁護士に送ってやった。

弁護士会館での交渉や、幾度かのやり取りの末、女子高生の両親が金に困っていること、金策や仕事に忙しく、娘の行動に無関心なこと、を相手の弁護士から聞き出した。

どうやら、娘のキャバクラ勤めを知った父親がバイト代を取り上げようとしたものの、娘は有り金をそっくりミナトに貢いでいたために取り上げようにも金がなく、それなら、と事態を逆手《さかて》に取ろうと愚策を弄《ろう》したらしい。

相手の弁護士は、自分の依頼人が未成年の身でありながら、キャバクラでバイトをしていたことは知らなかったらしく、漣に指摘されて顔色を変えていた。

依頼人から騙されていた弁護士は、表向き態度を変えることはないものの、腹の底では怒り狂っているものだ。

女子高生の両親にミナトから金を巻き上げることを諦めさせただけでない。

未成年の子供の監督監護がなっていないと、きつく諭し、責任をミナトに転嫁するのなら、詐欺や脅迫で逆に訴えられるかもしれない、とまで言ったらしい。

結局、理不尽な要求は引っ込められたのだが、相手の弁護士は漣と同年輩だったせいか、面倒をかけたと、最後には恐縮していたくらいである。

（まぁ、確かに、普通ならさっさと金で解決するかもな…。一番面倒がないし）

漣ですらそう思う。

商売柄、トラブルには事欠かないだろう王嶋には驚きだったのかもしれない。

実際、今まではそうやって、事を片付けてきたのだろう。

「わかるからですよ」

とうとう、漣は言った。

今日はいつもより喋りすぎているな、と頭の隅で思っていたが、思考が止めるよりも先に口から言葉が飛び出していた。

「俺もホストだったんです」

言葉に出してしまってから、自分でもびっくりする。

特に隠してきたわけではなかったけれども、といって、他人に打ち明けたこともない過去だったからだ。

学生時代にも、弁護士になってからも、そこそこ親しくなった友人はいたものの、彼らは勿論、尊敬している上司の江木原にすら話したことはない。

弁護士が学生時代に短期間とはいえホストクラブで働いていたなどと知れたら、それなりのスキャンダルになることくらいはわかっていたから、自重していたことは否定しない。

顧客の中には契約を解除しようとする者も出てくるだろうし、下手をすると、今の事務所にもいられなくなるかもしれない。

職業に貴賤《きせん》はないというのは美談まがいの建前でしかなく、実際、職業は学歴よりも重要視される。

それが過去のことであっても、何につけ引き合いに出され、中傷されることもあるだろう。

それを、話の流れとはいえ、会って間もない相手に言ってしまったことは、自分でも驚きだった。

上質の酒が舌を滑らかにさせたのか、名うてのホストだったらしい王嶋が聞き出し上手なのか。

(聞き出し上手っていうより、この人の雰囲気のせいか…)

そんなことをつらつら思いながら、過去を暴露してしまったのに、取りつくろう気が全くない自分に漣は二度驚く。

我ながら不思議に思いながら、漣はあらためて王嶋の顔を窺《うかが》った。

王嶋にしてみれば、衝撃の真実とでもいうものだから、さすがに驚いたらしく、まじまじとこちらを見つめている。

今のうちに冗談ですと言ってしまえばいいのかもしれないが、どのみち王嶋は信じないだろうし、言うつもりもなかった。

どういうわけか、王嶋の前では、そんなことをする必要がないと思ってしまっている。

(なんで、そんなヘンな思い込みしてるんだろうな、俺は…)

王嶋は、漣の過去を悪用したり、あげつらったりしないと、確信に近いものを胸の奥に抱いているのだ。

だから、黙り込んでしまった王嶋に向かって微苦笑を浮かべながら、さらに肯定の言葉を繰り出すことに戸惑いはまるでなかった。

「そんなに驚くことないでしょう。金が必要なら、一番手っ取り早いってこと、あなたならよく知っていますよね?」

「それは、――――そうだが」

王嶋は不審そうな顔を隠さない。

「ウチは母子家庭だったんですけど、大学に入った途端、母親が亡くなりまして…」

あのときの絶望感は、生涯忘れられない。

両親は、母方の祖父の反対を押しきって駆け落ちし、漣が生まれたものの、結局は離婚し、母親は、女手一つで息子を育てた。

気丈な女性で、華やかな容姿と相俟って、ママを務めていた銀座のクラブでは相当な人気を誇ったものらしい。

お陰で、漣は父親の顔すら覚えていないが、愛されて育ったと思っているし、母が生きている間は、物質的な不自由もしたことがなかった。

「客のツケが結構溜《た》まってて、ウチの母親、貯金はしてたけど保険には入ってなかったんで、借金と葬式代を払ったらほとんど残りませんでしたよ。まぁ、大学は国立だったので入学金は、俺の貯金も合わせてなんとかなりましたけど、授業料や生活費には回らなくて。俺は法学部で、弁護士志望だったし…」

司法試験に合格するには、バイトの片手間の勉強などでは到底間に合わないことくらい百も承知していた。

みっちり勉強しないと、きっと死ぬまで受からない。

だが、漣はどうしても弁護士になりたかった。

唯一の家族である母親を失ってしまい、一人で生きていくには揺るぎない支えが欲しかったのだ。

資格――それも国家資格の中でも医師免許と並ぶ双璧《そうへき》の一つである弁護士資格が。

「それで、一年休学っていうか、留年して、必死で稼いだんです。四年分の授業料と生活費」

最初の一年間は講義に出られないどころか、ほとんど通学すらしていなかった。

朝まで客に付き合い、同伴を取りつけ、浴びるほど酒を飲んで、思いつく限りの美辞麗句を女性に囁《ささや》き続けていた。

その甲斐《かい》あって、一年間で目標にしていた資金を貯《た》めた漣は、すっぱりとホストの世界から身を引いて、司法試験合格を目指す、真面目《まじめ》な学生になったのである。

「だから、あなたが心配していたような偏見なんかありませんよ。どっちかっていうと、俺も同じ穴のムジナですから」

漣が言うと、よく言うよと王嶋は苦笑した。

「何が同じ穴のムジナだ。一年間で四年分の授業料と生活費を稼いだって？　かなりのもんじゃないか。№1だったんだろう？」

からかうような言い方に、漣も負けじと片方の眉を上げ、悪びれない表情をつくって意味ありげに微笑んでみせた。

「まぁ…、最後の方、ちょっとだけ、ですけど…」

ちょっとだけ、どころではなかったことは、言外に込める。王嶋なら、違えずに言葉にされなかったニュアンスを受け取るはずだ。

「初めて同伴賞もらったときは、結構嬉しかったな。給料袋が一気に分厚くなりましたもんね」

「そのまま続けてたら、店の一軒も持てただろうに。もったいない」

「冗談じゃない。あっという間に潰されてますよ。あなたのトコに」

思わず言うと、王嶋と視線が合い、途端にお互いプッと噴き出す。

「失敬なヤツだな。俺はそんなに悪徳じゃないぞ」

「そうですね。青年実業家でいらっしゃるし」

先ほどのお返しとばかりにからかうと、王嶋がぐいっと顔を近付けてきた。

間接照明の薄暗がりの中でさえも、王嶋の双眸《そうぼう》の中に映る自分が見えた。

至近距離で視線が絡み合って、不意にどくんと心臓が波打つ。

「その青年実業家の顧問を引き受けるつもりはないか？」

「え……？」

「図に乗って事業を広げたのはいいが、いろいろ面倒が増えて、素人じゃ対応しきれないことが多くなってきてる。――助けてもらえるとありがたいんだが」

そんなふうに言う王嶋の目には、真摯《しんし》な光が見て取れた。

初対面の、あのお互いに身構えていた瞬間が幻であったかのように霧散していく。

「ちゃんと契約してもらえるんですよね？」

「勿論だ。やらずぼったくりは俺の主義じゃない。契約書をくれ。いつでもサインする」

王嶋は本気らしい。

ミナトの件でもわかったことだが、王嶋は依頼人としてはかなり優秀な存在だ。

簡潔で決断が早く、目的意識がはっきりとしており、金払いがいい。

「よろこんで。光栄ですよ。『歌舞伎町の帝王』に見込まれるなんて、俺も捨てたもんじゃないですね」

漣が王嶋の二つ名を出して軽口を叩くと、即座に応酬された。

「報酬は振り込みじゃなく、直接事務所に持って行こうか。我が麗しき顧問弁護士のご尊顔を拝謁できるように」

「あなたって人は…」

わざとらしく呆れたような溜息をついてみせると、ひどく楽しそうな、それでいてサプライズを企《たくら》んでいるような視線が返された。

表情一つ取っても魅力的な男なのだ。

歌舞伎町中の女が顧客だったという伝説ができるわけである。

そんな男の口から麗しいなどと評されると、不意に、注がれている視線がくすぐったく感じられてしまう。

(女子供じゃあるまいし…)

老若男女を問わず、容姿を誉められるのには慣れているはずなのに。

そんなことを思いつつ、舌にほのかな甘さを感じるようになった琥珀の液体で、唇を湿していた。

契約書を自分から持って行く気になったのは、食事でもという王嶋の誘いをまたタダ飯にありつけるなどと楽しみにしていたんじゃない、と漣は思う。

人の懐《ふところ》を当てにする必要がないくらいには漣も稼いでいる。

王嶋と、王嶋の会社の印鑑を押してもらうだけになっている顧問契約書を事務所の封筒に突っ込んで、それを片手にのんびり歩いているのは、単なる息抜きである。

鞄《かばん》を持って出なかったのは、当然に確信犯的な行為だ。

バーにビジネス鞄を持って行くなど野暮の骨頂だと思う。それがたとえ愛用のロエベだとしても。

(今週の俺は働きすぎ…。ちょっとくらい顧客に接待されたってバチは当たらないよな)

王嶋が経営するバーは、一息つくには丁度いい場所だ。

騒がしすぎず、静かすぎず。

従業員もよく教育されていて気配りに抜かりがなく、酒も旨《うま》い。

仕事の帰りにちょっと寄るには丁度いい場所だ。そう思わせるだけの雰囲気があった。

同年代の平均的な会社員の数倍の年収を得るようになった今でも、苦労した時期の根性が抜けないのか、ご馳走していただくのは決して嫌いではない。

王嶋からは、いつでも好きなときに来て寛いでくれと言われていたから、これ幸いと思えればいいのだろうが、生来の正義感と思慮深さが邪魔をする。

王嶋が勘定を取るつもりがないことが明白なのに、一人でのこのこ出かけていくのはタカリじゃないだろうか、と思うのだ。

それ故、かえって足が遠のいてしまう。

たとえ、漣が執拗に支払いを申し出たとしても、店の方で代金を受け取らないだろうことはわかりきっていた。

王嶋の教育は、そういう意味でも徹底している。

だが、経営者が一緒であれば、どれほど高い料理だろうと堂々と奢《おご》られて澄ましていられた。

そもそも、日頃から、接待ともなれば、大抵の顧客は、競うように豪勢な料理でもてなしてくれる。

表向き恐縮はしてみせるものの、毎回、ありがたくご馳走になることにしていた。

母親が存命のころから、家事全般が壊滅的に苦手だった彼女に代わり、漣が炊事、洗濯、掃除をこまめにこなしていた。

中でも料理は、今でも好きで、ストレス発散を兼ねて、時間の許す限り作っている。

名店の趣向を凝らした料理は、自然と漣の舌を鍛えてくれ、自身が作る料理に反映されるようになっていた。

直前に打ち合わせが入っているので、デランジェに来てほしいと言われていたため、暗くなり始めたばかりの歌舞伎町を抜けて行く。

相変わらず物々しい雰囲気のエントランスを潜り、店内に入った。

まだ開店前の店の中は照明はついているものの、静まり返っていて、もの寂しいくらいである。

「……じゃあ、ここのソファを取り替えて…、――で…」

広いフロアの中央に王嶋と、客らしい女性が立っている。

まだ、打ち合わせとやらが終わっていなかったようだ。

急ぐわけでなし、待つのは構わないが立ち聞きするのもどうかと思った漣は、終わるまで入口の辺りにいようと踵《きびす》を返そうとした。

「――宝生さん」

途端に王嶋の視界レーダーに引っかかってしまったらしい。

図面に落としていたときには険しかった表情を緩めた王嶋は、こっちに来いと気安い仕種《しぐさ》で手招きをしてきた。

促されるまま漣が歩を進めると、招き入れた手を顔の前で立てて、ゴメンと謝るような仕種をしている。

目で、すぐに終わるから待っていてほしいと言っていた。

「家具を入れ替えるんでね。もう、終わるから…」

ここにいてほしいと言外に告げられては立ち去るわけにもいかない。

(そりゃ、顧問契約はするけどさ。内装工事とはいえ、仕事に立ち合わせていいのかよ…)

部外者は排斥する傾向にあると思わせる言動が初対面のころの王嶋に感じられていただけに、こうもガードが緩くなると戸惑ってしまう。

漣が王嶋の方へ歩いて行くと、一緒にいた女性を紹介された。

スレンダーで、センスのいいパンツスーツ姿は、いかにも成功した女性実業家といった風情だ。

多分四十代の後半くらいだろう。自己投資は怠らないらしく、見た感じでは三十代でも充分に通るだろうが、過去に培った経験のお陰で、漣は女性の年齢をほぼ正しく推測できた。

「こちらはファーストレージの平山涼子《ひらやまりょうこ》さん。輸入家具の販売をしていらっしゃる。うちの大事なお客様でもあるんだが」

「儲けた分は、ほとんど全部ミナトに貢いでるんじゃないかしらね」

笑って言いながら、涼子は漣に名刺を差し出した。

「ファーストレージの代表をしております平山と申します」

「宝生です」

漣も自分も名刺を差し出しながら自己紹介すると、涼子と間近で視線が絡んだ。

と、涼子が、あっと驚いたような顔になる。

「――――司《つかさ》？　司じゃない？」

とっくの昔に捨てた源氏名で呼ばれ、びっくりしたものの、自分を覗《のぞ》き込んでいる女の顔が過去の記憶ファイルの中から徐々に浮かび上がってきた。

「涼子さん…？」

「覚えててくれたのね〜。司〜っ、会いたかったわ〜っ」

言うなり、涼子が飛びついてくる。

「おい…？」

一体何事だと、王嶋が目で問うてくる。

「ホストやってたときのお客様なんですよ」

軽く肩を竦めて、漣は微苦笑を浮かべた。

随分と久しぶりの再会だったが、涼子には贔屓《ひいき》にしてもらって、随分と助かった記憶がある。

当時から涼子の会社は羽振りがよく、経済的にはかなり余裕があったようだった。

それでも女一人で事業を切り回していかなければならないストレスは相当なものらしく、憂さ晴らしと称して足繁《あししげ》く通ってきてくれたものだ。

売上の締め日近くになると決まってやってきて大枚を叩いてくれる。そんな太っ腹なところが彼女の魅力でもあり、担当外のホスト達にも人気があった。

王嶋の前だというのに、少しも憚《はばか》らずしっかりと抱きついてきた涼子は、漣のスーツの襟を指先で摑んで引っくり返すと、目聡《めざと》く向日葵バッチを見つける。

「弁護士になったとは聞いていたけど、本当だったのねぇ…」

感心したような呆れたような顔で涼子が言う。

「これから王嶋さんの顧問弁護士になる予定なんです」

「予定って…。契約書に印鑑を押してないだけだろう」

王嶋が文句を言う。

「じゃ、早く印鑑を押してください」

漣が封筒を差し出すと、王嶋はざっと契約書に目を通し始める。

「なんだ、顧問料は振り込みか。残念だな。直接持っていくと言ったのに」

「お手数でしょうから」

悪戯《いたずら》な笑みを撥《は》ね除《の》けるべく言ってやるも、王嶋が堪《こた》えた様子はまるでない。

「まさか。月イチでも眼福ができるのなら、大した手間じゃない」

「あのですね…」

漣が軽く睨みを入れても、そんな顔すら目の保養だとでも言うかのように、王嶋はひどく楽しそうに口元を寛げる。

「いいわねぇ…、顧問弁護士。ねぇ、司、じゃなくて宝生先生？　ウチもお願い。ね？」

「涼子さん…」

明日は私と同伴よ、と言ってきかなかったときと同じ顔をしている。

「涼子さんの会社は別に顧問弁護士なんか要《い》らないでしょう。経費の無駄ですよ。自分で言うのもなんですが、安いわけじゃないんです」

漣が言うと、あら、そんなこと、と涼子は微笑んだ。

「あなた、昔から安くはなかったわよ。あなたを席に引き止めるためにルイを何本入れたか、数えきれないくらいだわよ」

高額ボトルを引き合いに出して、今さら何を言うのやら、と涼子は細い指先を二、三度左右に揺らした。

それを聞いていた王嶋も口を挟んでくる。

「涼子さんをそこまで入れ揚げさせたとはな。やはり、弁護士なんか辞めてウチで働かないか？なんなら、一店舗任せても構わないが」

「そうしたら、私が絶対に司を№1にしてみせるわっ」

口々に悪ふざけをのたまう二人の前で、漣は大きな溜息をついた。

「いい加減にしてくださいよ、お二人とも。有能な弁護士は要らないんですか？　お困りなんじゃなかったでしたっけ？」

それはそうだ、と王嶋は笑いながら契約書をしまった。

「あとで印鑑を押して届けよう。社の実印だったよな？」

「ええ、お願いします」

言っているそばから涼子が、すっかり立派になっちゃって、などと親戚のオバサンのような科白《せりふ》を呟く。

「感慨深いわよねぇ。最後に会ったのって、ミストレルで引退パーティやったときだもの…。あれから何年になるかしら」

「七、八年くらいかな。——俺はまだ学生でしたから」

そうよねぇ、と頷く涼子の横から、王嶋が訝しげな声を上げた。

「ミストレル？　まさか、あの店で？」

六本木《ろっぽんぎ》におけるホストクラブの老舗といわれる名店の名を出されて、王嶋はひどく驚いているようだ。

「ミストレルを知ってるんですか？」

「知ってるも何も…。俺もあの店にいたんだ。昔のことだけどな」

今度は漣が驚く番だった。

「ホストになりたてのころだから、十年以上前だな…」

「それじゃ、あなたも№1だったんですね」

以前、№1だったことを揶揄混じりに指摘されたことを覚えていた漣は、しっかりとやり返した。

「当然だろ？」

王嶋は、勝ち誇ったような笑みを口元に刷《は》く。

謙遜《けんそん》なんて言葉はこの人には存在しない語句だよな、と漣は呆れるのを通り越して感嘆しそうになった。

「――そういえば、瀬谷《せや》さん、大丈夫かしらね」

「え…？」

瀬谷は、ミストレルのオーナーで、漣に司の源氏名をつけ、ホストとしてのイロハを叩き込んだ男である。

恩人だといえなくもないが、かなり癖のある人物で、散々振り回された記憶がいまだに鮮明なせいか、名前を聞くだけで眉を吊《つ》り上げてしまいそうだった。

「瀬谷さん、どうかしたんですか？」

王嶋が尋ねると、涼子は知らないの？　と驚いた様子を見せた。

「あら、瀬谷さん、入院したのよ。ただの過労だって本人は言ってたけど、ちょっと心配よね。男としてはまだまだこれからって年齢ではあるけれど、商売柄、日頃から不摂生してるでしょ。悪い病気じゃなければいいんだけど」

瀬谷とは付き合いが長いらしい涼子は、少なからず案じているらしい。

話を聞きながら、漣は、瀬谷についての記憶の一つ一つが否《いや》が応でも鮮明になってきて、つい口調が尖《とが》ってしまった。

「大丈夫ですよ。たとえ肝硬変《かんこうへん》だって、あの人は殺せやしません。憎まれっ子世に憚るって言うでしょ」

初めて聞く漣のきつめの物言いに王嶋は目を丸くしたが、昔から似たようなことを何度か聞かされている涼子は、ふふふっと笑い出した。

「あなたって、昔っから瀬谷さんには点数が辛《から》いのよねぇ。本人に向かってクソジジィって言ったのは、あなたくらいだって瀬谷さん言ってたわよ」

「根が正直なんです」

漣が言うと、笑っていた涼子がふと真顔になった。

「あなたが店を辞めたの、瀬谷さん、随分残念がっていたのよ。この間も、ちょっと様子を見に行ったらあなたの話になって…。弁護士なんかになってちゃんとやれてるのかって、気にかけてらしたわよ。口には出さなかったけど、会いに来てもらいたいんじゃないのかしら」

「鬼の霍乱《かくらん》っていうでしょう？　健康な人は、ちょっと具合が悪くなったりすると気弱になって、大騒ぎするもんなんですよ。ジジィの戯言《ざれごと》をいちいち真に受けてたら、こっちの身がもちませんよ」

切って捨てるような言い方に王嶋は違和感を抱いたようだったが、涼子の方は、またかと言わんばかりに溜息をついた。

「あなたって子は…。普段はとぉっても優しいのに、どうしてそう、瀬谷さんには厳しいの。店にいるとき、意地悪でもされたの？　まぁ、あの人ならやりかねないけどね…。こうと見込んだホストにはスパルタ教育するんだって言ってたし…」

「ああ、確かに」

王嶋は思い当たることがあったのだろう。苦笑しながら、肯定した。

「俺も昔、文句を言ったことがあったな。そうしたら『愛の鞭《むち》だ』って言われて、そんな鞭なんかいらないって言い返したら、張り倒された…」

「あのオヤジのやりそうなことだよ…」

漣は、呆れ返ってしまう。

いい年をして、子供のような真似《まね》をする瀬谷の言動に、どれほど振り回されたかしれない。

（あのオッサンに関わるのはゴメンだな…）

帰り支度を整えた涼子と顧問契約の日程を取り決めながら、漣はこっそりと溜息を噛み殺した。

「ふぅ……っ」

信号待ちの愛車の運転席で、王嶋は首を回しながら、軽く息を吐いた。

土曜の午前中。よく晴れて眩《まぶ》しいくらいの陽射《ひざ》しがフロントガラスから射し込んでいる。

疲れた、と思わず口に出してしまいそうになるのを押し止める。

ホストクラブの他、多数の飲食店の経営者として辣腕《らつわん》を振るっている身は、多忙を極めている。

営業時間帯に詰めていることが多く、生活がどうしても昼夜逆転してしまう。

ホスト時代からのことだから今さらという気もするが、こうして週末の昼日中に疲労した体をシートに沈めていると、気分がくさくさしてくることもあった。

頼りになる部下でもいれば少しは楽なのだろうが、生憎《あいにく》と王嶋には自分自身しかいない。

株式会社の体裁を取っているから、社員はいるが、どれも与えられた仕事をこなす従業員に過ぎない。

王嶋をサポートしてくれるのは王嶋自身しかいないのだ。

(いや…、そうでもないか)

ひょんなことで知り合った弁護士の宝生漣と顧問契約を結んでからは、些細《ささい》なことに煩わされる回数が減ったように思う。

様々な契約書の煩雑な内容を詳細にチェックしたり、事業内容の不備を指摘してもらえるお陰で、トラブルに巻き込まれる事態が格段に減ったし、何より法律の専門家がついていることで安心できた。

つい先日も、知人から勧められたビルの売買契約について相談したお陰で、多大な損害を被《こうむ》らずにすんだ。

電話で話したとき、漣はすぐに問題の建物の登記簿謄本《とうほん》を取って調べた上で、やめた方がいいと忠告してくれたのである。

「現在の賃借人全てが、この建物に抵当権がつけられる前から賃貸借契約を結んでいますから追い出せませんし、保証金が引き継がれなければ、王嶋さんが用意することになりますよ」

ざっと計算したところで、王嶋がいずれ用意しなければならない保証金は五千万円にも上ることが判明した。

冗談だろうと言うと、漣はよくあることなんです、と言った。

「資金に余裕がある所有者なら、保証金をプールしておいて、売却の際に引き継いでくれるはずです。所有者が保証金を用意できないなら、保証金の分を見越して売買金額が減額されるのが普通です。今回の場合は、売買金額が近隣相場並みですから…」

王嶋は大損をすることになる、と漣は言う。

勿論、王嶋は漣の忠告に従った。

漣がいなかったら、立地条件のよさに目が眩《くら》んで、自分の判断だけで購入を決めていたかもしれない。

(あれは本当に助かった…)

勿論、歌舞伎町の帝王を陥れようとした〝知人〟は、それなりの制裁を受けている。

王嶋は、そうした裏切りを決して許さないできた。

ホスト上がりだが、有能で冷徹な男という評判が鎧《よろい》になって王嶋を守っているのだ。

そうでなければ、とうの昔に潰されていたかもしれない。

王嶋が生きている業界は、弱肉強食でいったら、サラリーマン社会とは問題にならないほどシビアだ。

食うか、食われるか、の戦場に身を置いていると、ひどく疲れる。

帝王などと言われてはいても、王嶋だとて三十路《みそじ》を過ぎて間もない。男が惑わなくなると言われる四十はまだ少し先になる。

そんな状況で、漣の存在は少なからず王嶋に安堵《あんど》感をもたらした。

声を聞くとホッとするような気持ちになるのはそのせいかもしれない。

お陰で、事あるごとに呼び出しては食事だの酒だのの席に誘っているが、弁護士という仕事柄、多忙を極めているのだろう。約束が実現できたのは数えるほどだ。

(仕方がないか…。そもそも、生きる時間帯が違う)

そんなことをつらつら思っていると、信号が変わった。

自宅マンションへと運転しながら、これで待っている人間でも家にいれば少しは違うだろうかなどと思う。

(といってもな…。女に荒らされるのは勘弁だな…)

ホストになってから、王嶋は真剣に女性と交際したことがなかった。

まず、煩わしいと考えてしまう。

結構な数の女を抱き、中には一定期間関係が続いた女もいたが、王嶋の感情の中では恋愛ではなかった。

信頼できる女性もいないわけではないが、そうした女性との色恋沙汰は避けたいというのが本音だった。

(参ったな…。年か?)

我ながら苦笑したくなる。

故郷の同級生達の中には結婚し、父親になっている者も少なくない。

事業に成功し、生活が安定し、心に隙間《すきま》ができているのかもしれなかった。

「あ……」

幹線道路から、自宅付近へと抜ける道に入ってすぐ、王嶋は見つけてしまった。

ラフな格好で歩道を歩く漣の姿を。

両手に大きなスーパーの袋と、紙袋がいくつか下げられている。買い物帰りらしい。

思わず車を路肩に寄せ、窓を開けた。

「あれ…？　王嶋さん？　どうしたんです、こんなところで」

数メーター先で止まった車から王嶋が顔を出すと、漣は直ぐに気がついた。

「仕事帰りだ。そっちは？　買い物？」

「ええ。週末にまとめて買い出しすることにしてるんです」

「で？　女を呼んで、あとはお任せか？」

わざとからかうと、まさか、と否定が返ってくる。

「自分で仕込むんですよ。実はストレス解消なんです」

「料理できるのか？」

思わず不審そうに言ってしまうと、漣は悪かったですね、と睨んでくる。

「社会人になってからは、もっぱら、料理で女性を落としてるんですよ。和食が好きだっていう彼女に旅館の朝御飯みたいなのを作って感激されたことだってあります」

「味噌《みそ》汁と焼き魚とかの？」

「出汁《だし》巻き玉子もね」

威張って言うのがおかしくて、王嶋は笑ってしまった。

「いいな。食いたいな、俺も」

口をついて出てしまった言葉は、あまりにも本音に過ぎたらしい。

今度は漣が笑う番だった。

「いいですよ。家に来ますか？」

勿論、王嶋に否やはなく、早速助手席側の扉を開けるために車を降りたのだった。


ナビされるままにハンドルを切って向かった漣の部屋は、そこから車で五分も行かない場所にあった。

どうりで徒歩で買い物に出てくるはずだな、と思う。

セキュリティのしっかりしたマンションは分譲で、しかも一戸あたりが二百平米を超える、かなりの高級物件だ。

この周辺はそこそこの広さを持つ一戸建てやマンションが立ち並ぶ住宅街で、王嶋の部屋は、このマンションからさらに歩いて十分ほどの場所にある。

漣が住むマンションができた当時、王嶋も一時真剣に入居を考えたのだ。

しかし、如何《いかん》せん、あまりの多忙さに引っ越しをする暇がなく、どうしようか迷っているうちに完売してしまったのである。

手に入れられないとなると悔しさがじんわりと湧《わ》いてきて、懇意にしている不動産屋に空きが出たらすぐに声をかけてほしいと言ってはあるが、いまだに連絡はない。

もしかしたら、同じマンションに住む隣人になっていたかもしれないと思うと、空きが出ないことが恨めしいような気すらした。

「どうぞ…」

エレベーターで最上階に上がった漣が、廊下の向かって右手の部屋に王嶋を招き入れてくれた。

ペントハウスを意識して造られた最上階には二部屋しかない。

その分間取りも広く、高額だった記憶が王嶋にはある。

「弁護士っていうのは、随分儲かるもんなんだな…」

俺より稼いでいるんじゃないかと言うと、まさか、と笑みで返された。

「ここが売り出される少し前に、かなり大きな裁判に勝って、賠償金をしこたまふんだくったんです。当然、報酬もそれなりにもらったんで…」

漣は、思い出したように口元を綻《ほころ》ばせる。

ある研究員が自分の発明の対価を所属企業に求めた裁判で勝訴し、巨額の賠償金を勝ち取ったのだった。

支払われた賠償金の一割が報酬なのだが、漣個人に依頼があったものを事務所の事件としてまわした関係で、江木原が報酬の半額を漣に寄越《よこ》したのである。

もっとも残りの半額だとて、その年一番実入りのいい事件で、イソ弁は勿論、秘書達のボーナスも若干増額されたくらいであった。

そんなことを話しながら、リビングに招き入れられる。

ベランダに面した掃き出し窓は天井までの大きなものだったから周囲の景観が一望でき、開放的な空間になっていた。

家具も上質なものが揃えられていたし、趣味もよかったが、プロの手が入っているほどには洗練されてはいない。

漣が自分で気に入りのものを揃え、自身が寛げるようこだわって選んだらしい。

自分の力で初めて手に入れたこの自宅を、漣はこよなく愛しているのが窺い知れた。

「適当に座ってください。お茶でも入れましょうか」

「ありがたいな」

酒もコーヒーも飲み飽きているだろうと、顧問先の茶問屋が送ってくれているのだという煎茶を出された。

店主お勧めの逸品だという八女茶《やめちゃ》は、ほんのり甘く、緑茶らしい上品な香りがする。

ソファに座った王嶋は、茶を啜《すす》りながら、無意識にネクタイを緩めてしまっていた。

漣はといえば、今し方買ってきたばかりのえぼ鯛《だい》の干物をロースターで焼きながら、味噌汁用の出汁をとっている。

（こういう、穏やかな雰囲気は久しぶりだな…）

鰹《かつお》出汁の香りが漂ってくる部屋は、男の一人暮らしとは思えないような温かさが感じられる。

ソファに背中を預けて王嶋はホッと息を吐いた。

このところ、さすがに多忙に過ぎた、という自覚はある。

食事を、と約束しながら、結局は王嶋の都合がつかず、流れてしまったことは一度や二度ではない。

キッチンに目をやると、熱心に包丁を使っている漣の姿が目に入った。

食事を作ってくれているとはいえ、放っておかれると多少退屈になる。

湯飲みを置いて席を立つと、まな板から視線を上げた漣が王嶋に気がついた。

「お茶、入れ替えますか？」

「いや…。何を切ってるんだ」

背中越しに手元を覗き込む。

「漬物、切ってるんです。べったら漬。——もしかして、苦手とか？」

少しだけ後ろに首を向けて問われたが、否定するより先に、旨そうだ、などと呟いてしまっていた。

面白そうに小さく笑った漣が、切ったばかりの白い一切れを摘《つま》むと、王嶋の口元に運んでくれ

る。

条件反射のように口を開いて、差し出された漬物を咥《くわ》えた。

「うん…、旨い」

ぽりぽりと齧《かじ》っていると、漣が嬉しそうに笑った。

「魚が焼けたら終わりですから。あっちで、もう少し大人しくしててください」

子供のころ、同じようなことを母親に言われたな、と思う。

構ってもらえないのが寂しくて、夕食の支度をする母親に纏《まと》わりつくと、決まって言われたものだ。

(もうすぐできるから、向こうで大人しく待ってなさい、か…)

ひどく懐かしい響きは、王嶋の心の奥底で錆《さ》びついていた郷愁の煤《すす》払いをしてくれたようだった。

ほどなくして、味噌汁と、御飯、干物、卵焼きと納豆に漬物、という純和風の朝食が饗される。

時間からいったら既にブランチだし、漣自身は起き抜けに食パンを齧っていると言っていたが、王嶋にとっては間違いなく朝食だ。

「まさしく、旅館の…だな」

外食ではない、きちんとした家庭料理を口にするのは恐ろしく久しぶりのことだった。

もしかすると、実家を出て以来、初めてのことかもしれない。

女性を自宅へ上げることはトラブル回避のために絶対にしなかったし、女性の家に上がることも同様にしないようにしてきた。

家を行き来するような友人もいなかったから、そもそも知人友人の手料理を味わう機会などなかったのだ。

「いつでも嫁に行けるな」

浮かれた気分で軽口を叩くと、止めてくださいよ、とうんざりした表情が返ってくる。

そんな顔をしても、面立ちの美しさは少しも損なわれない。

王嶋が見てきた数多の男達の中でも、これほどの美形はいなかったと断言できる。

その美貌の男は、自ら焼き上げたふんわりした出汁巻き卵に箸《はし》を突き刺しながら、肩を落とした。

「料理上手の嫁要らず、って上司に言われるもんで。かなりの成婚率を自慢にしてる見合ジジィなのに、俺には絶対に話を持ってこないんですよ。別に見合をしたいわけじゃないけど、論外扱いされると、ちょっとガッカリっていうか…」

「でも、確かに要らないだろ、女なんか」

「っていうか、そんな暇ありませんよ。仕事、仕事、仕事で。大体、王嶋さんこそ人のこと言えるんですか？　野郎の顔見ながら味噌汁飲んでるより、美女とホテルのモーニングの方がいいんじゃないんですか。ミナトが言ってましたよ。オーナーの女の痕跡《こんせき》が全然摑めないのは決まった女がいないからだって」

「ミナトが？」

やけに親しそうな口ぶりが気になって、あのあとも会っているのかと聞こうとしたとき、チャイムが鳴った。

「あ…、来たかな…？」

一体誰が来たんだと聞く間もなく、漣が席を立つ。

ほどなくして、漣の後ろをミナトがついてくるのを見た王嶋は、本気の驚きを表に出さないよう、慌てて表情をつくった。

（なんで、ミナトがここに来るんだ⁈）

思わず叫んでしまいそうになった言葉を喉の奥へしまい込み、そんな自分に二度驚く。

俺はなんでミナトが来たくらいで驚いているんだと思いながら、微かに感じた動揺を、からかうような笑みに擦り替える。

「なんだ、おまえも餌付《えづ》けされたのか」

そう言うと、ミナトは照れたようにへへへと笑った。

そもそも、人の懐に入り込むのが上手い男で、王嶋自身もなにかと目をかけてしまうくらいだ。情が深そうな漣なら、簡単に寄せてしまったろう。

「や…、なんか、二日酔いでゲロってたとこ、拾われて。そんで、そのあと、朝飯食わせてもらったら、すぐ具合よくなっちゃって」

「酒は飲んでも飲まれるな。いつも言ってるだろう」

「いいじゃないっすか。アフターは楽しい方がいいっしょ。客を楽しませるには、まず俺が楽しくなきゃいけないしぃ。オーナーだって、いつも言ってるじゃないっすか」

「だからって、引っくり返るまで飲むな。年取ってから体にガタがきても知らないぞ」

「ですよねぇ、肝臓やられたら怖いって、ケンさんも言ってたし…」

年上のホスト仲間を持ち出してぼやいても、本気で心配などしていないのが丸わかりだ。

「それで、すっかり、宝生先生のお宅に入り浸っていると？」

王嶋が皮肉っぽく言うと、漣は苦笑した。

「入り浸ってるってほどじゃないですよ。俺も平日は忙しくて、朝はゆっくりしてられないし。週末にちょっと朝御飯をねだられるくらいです」

「本当は昼御飯も欲しいんですけどぉ」

ミナトが言うと、漣が軽く拳固《げんこ》で頭を叩いた。

痛くはなかっただろうに、ミナトは大袈裟《おおげさ》に頭を庇《かば》うような振りをしてふざけている。

「飯食ったら、さっさと帰って寝ろ。食事と睡眠は生活の基本なんだから」

怒られたのに、ミナトは、はぁいとちょっと嬉しそうに返事をする。

「ほら、味噌汁温めてくるから、座ってて」

漣がキッチンに戻ると、ミナトは当然のように王嶋の隣に腰を下ろした。

「ったく…、油断も隙もないヤツだな」

漣が席を外すと、王嶋は呆れたようにミナトを見やった。

「オーナーだって、食わせてもらってるじゃないっすか〜」

そこを指摘されると痛い王嶋ではある。

漣の手料理が食いたい、と自分から水を向けたこともしっかりと覚えている。

「顧問契約書には、こういうサービスがあるなんて、書いてなかったんだけどな…」

招かれて嬉しいが、ミナトまでがこうでは迷惑ではないのかと王嶋が溜息をつくと、ミナトが行儀悪く王嶋の皿の出汁巻きを摘もうとしたのを見つけ、手を叩き落とす。

「行儀が悪い」

「ケチ〜」

「なんなんだ、おまえは…」

いつもより人懐こいというより、ガキ化しているのでは？　とすら思えるミナトの言動に眉を顰《ひそ》めると、いいじゃないっすか〜と言い返された。

「だって、漣さん、癒《いや》し系だし。俺、ここに来ると落ち着くっていうか、安らぐっていうか…。なぁんか、顔見たくなって、つい来ちゃうんですよね。オーナーだって、そうなんでしょ？」

鋭い突っ込みに、否定はできない王嶋である。

「オーナーだって、メチャ忙しいじゃないっすか。また店増やすって、曽根《そね》さんから聞いてます。ビル買うのやめたから計画が狂って帳尻合わせるの大変なんだって。それなのに、時間作って漣さんと飯食いに行こうとしてるでしょ。知ってるんですよ、俺は～。それって、俺と同じじゃないっすか。疲れてるから、漣さんに会いたいんでしょ。癒されたいんじゃないっすか。俺なんか、週ナカで、もう漣さんに会いたくなっちゃうし。飯食わせてもらえること想像して、残りの半分乗りきるっていうか～。漣さん、チョ～綺麗だし。笑うと可愛いし。怒られても、なんだか嬉しいしぃ」

「おまえな…」

そんなことを言って、よく恥ずかしくないなと、王嶋は呆れ返る。

が、そもそも貞操観念や羞恥心《しゅうちしん》が世間の常識から外れたところにあるミナトは、上司に溜息をつかれたところで、どこ吹く風だ。

と、盆にミナトの分の食事を載せた漣が戻ってくる。

「はい、お待たせ」

「やった！　豆腐とワカメの味噌汁っ。俺、大好き～」

はしゃいだミナトは、さっそく箸を取り上げる。

「なに、これ、この魚、旨い～。漣さんの卵焼きサイコー！」

食べながら、誉めまくっている。

「それは、えぼ鯛っていうんだ。干物だけど、身が柔らかくてオイシイだろ」

うん、うんと頷きながら、ミナトは一心不乱に茶碗を掻《か》き込んでいる。

「もっとゆっくり食べろって。ちゃんと噛んでるか？　消化に悪いから、もう少し落ち着いて食べれば？」

ミナトのがっつくような食べっぷりを眺めていた漣は、呆れたように窘めた。

「ほら、こぼさない」

ミナトが食べる様子を眺めていた漣は、ティッシュを取り、手を伸ばして口元を拭ってやっている。

「あ…、えへへへへ」

ミナトは、さすがに照れたように笑っているが、嫌がる様子は微塵《みじん》もない。

（ガキじゃあるまいし、口くらいてめえで拭《ふ》け！）

そのやり取りを目にしたとき、王嶋は、カッと胃が熱く焼けるような感覚を味わった。

鳩尾《みぞおち》の辺りから頭まで、血が逆流するような、そんな感覚…。

（なんだ…？）

不愉快で、頭にきたのだと、それはわかった。だが…。

（ヤバイ…な）

覚えのある感覚は、久しく感じなかったものだった。

若いころは何度も味わったものだが。

自分に入れ揚げていたはずの客が他のホストに目移りし出したとき。自分よりも売上の低いホストが店を辞めて独立すると知ったとき。それを感じたはずだった。

感覚の名は、嫉妬《しっと》…。

もう何年も疎遠になっていたはずの感情だった。

漣を気にかけ、今以上に親しくありたいと思っていることは否定しない。

ビジネス上でも有用な人材だし、プライベートでも楽しく過ごせる相手は、そういるものではない。

というより、あらためて思えば、王嶋は漣以外に思いつかない。

もっと友好を深めて、絆《きずな》を強くしたいと思っていたし、事実、食事や酒の席に何度も誘っている。

といって、自分の知らないところで漣と親しくしているミナトに腹を立てるほどのことか、と考えられるだけの冷静さは残っていた。

(この程度のことで何故目くじらを立てる必要がある? ガキじゃあるまいし。友達が他に仲のイイやつをつくっていたからってムカついているようじゃ、ガキ以下だ)

そう思いはするものの…。

「お茶入れましょうか」

漣に問われ、ゆっくりと頷いた。

食べ続けているミナトを一人残し、王嶋も空になった食器を手に立ち上がった。

「いいですよ、そんな…」

遠慮する漣に、王嶋は笑みを見せる。

「これくらいさせてくれ」

並んでキッチンへ行き、食洗器に入れるのを手伝った。

「男の一人暮らしとは思えない台所だな」

思わず呟くと、漣もまぁ、と苦笑する。

「そもそも間取り自体が一人暮らしには広すぎるんですけどね。でも、ここのキッチンは気に入ったから…」

リビングダイニングと対面式になっているキッチンは、ガスコンロやオーブン、シンクも含めて輸入ものの高級品で、他にも業務用と思《おぼ》しき料理機器がいくつも置いてある。

極めつきは冷蔵庫で、アメリカ製の巨大冷蔵庫が鎮座していた。

「まさか、それが理由でこの部屋を…?」

王嶋が驚くと、漣は少しだけ頬を赤らめた。

「別にいいでしょう。見た中では、ここが一番充実してたんです」

「まぁ、お陰で旨いメシにありつけてるんだから、俺としては文句の言いようもないが…」

「じゃ、言わないでください」

「言ってないだろう」

「言ってませんけど…」

言いたそうな顔をしてる、と漣はじとっと王嶋に視線を注いだ。

「言わないって。また、食わせてもらえるなら」

「いつでもどうぞ」

にこっと微笑まれて、王嶋は危うく見惚れてしまいそうになる。

「いいのか…？」

「ええ。勿論」

「普通、迷惑だと思うんだが」

「残念ながら、俺は違うんです」

漣はそう言って、急須《きゅうす》の茶葉を入れ替え、湯を注いだ。

「料理は好きだし、一種のストレス解消でもあるんですけど、自分が食べる分だけを作ってると、虚《むな》しくなってくるんで…」

「オンナは？」

つい聞いてしまうと、漣は肩を竦めてみせる。

「最初はいいんですけどね。時間が経ってくると、だんだん、コンプレックスが刺激されてくるみたいですよ。男の方がまともなものを作れることに我慢できなくなるっていうか…」

「難しいな…」

「ホントに」

過去を思い出したのか、柳眉をへの字にした漣の横顔を王嶋はじっと見つめていた。

「なら、俺に食わせてくれ。ちなみに好き嫌いはほとんどない」

「ほとんど？」

「ムシは、ちょっと…な」

「ああ、イナゴや蜂の子？　大丈夫、ああいうのは俺もダメですから」

笑い合っていると、食器を抱えたミナトが、ご馳走様でした〜と台所にやってきた。

「漣さん、お茶ください〜い」

「はい、はい」

表情は全く変えないまま、漣に甘えるようにするミナトの様子を苦々しい思いで見ていた王嶋は、ふっと心に湧き上がった思いにとうとう自覚せざるを得なくなる。

（欲しい…。俺のものにしたい。誰にも渡したくない。ずっと一緒にいたい…）

自覚したら、すとんと一気に楽になった。

（渡さないぞ、おまえにも、誰にも…）

それは、王嶋が久しぶりに感じる強烈な恋情だった。

「いつでも嫁に行けるな」

からかうような科白は前にも言われた。

そんなくらいのことで、いちいち怒っていたら、この食えない男とは付き合っていられないだろう。

だから、漣は聞き流してしまおうとしたのだが、最近ではさらに先がある。

「いつでも嫁に来い。俺なら一生幸せにしてやるぞ？」

王嶋は、余裕たっぷりの笑みを浮かべ、あまつさえ、両腕を広げて自分の広い胸に飛び込んでこいとばかりにそんなことを言うのだ。

「あんたねぇ…！」

漣の声もつい尖《とが》る。

王嶋とは、あれ以来、ほぼ毎週末ごとに顔を合わせるようになった。

ホストクラブをはじめ、複数の飲食店を経営する王嶋は、各店舗からの売上や業務の報告を受けてから帰宅するのが常だという。

深夜から翌早朝にかけての営業が主のホストクラブや、バーなどの報告を待っていると、当然、王嶋の仕事上がりは朝になる。

明るいうちだとて、打ち合わせや何かで忙しいはずなのに、一体、いつ眠っているのかと、漣は感心が半分、呆れるのが半分という気持ちだ。

同時に、体でも壊したら、と心配にならないでもない。

王嶋とは、大抵、買い物の帰りに会って家まで送ってもらい、ついでに朝食を振る舞うのだが、偶然だったのは最初の一回だけで、二回目からは、王嶋が漣を待ち伏せているようになった。

(待ち伏せ…だよなぁ、あれは――――)

それればかりではない。

(口説かれてる…んだよな?)

そうとしか思えない科白を、王嶋はことあるごとに口にするようになった。

平日も、昼食や夕食にと誘いの連絡をマメに寄越す。

最初は戸惑って、次にはからかわれていると怒った。

素っ気なくしても、苦笑しつつ王嶋はめげない。

「おまえは見る目がない。こんなにイイ男を袖《そで》にしたら一生後悔するぞ」

くらいは平気で言う。

「そういうキャラだとは思いませんでした！」

睨みつけると、王嶋は目を細めて、怒っている顔もいいな、などと言う始末だった。

「おまえに睨まれると心臓のこの辺りが痛くなる…」

王嶋の手が漣の胸にそっと当てられ、ゆっくりと喉の方に向かって撫で上げられた。

不意に鼓動が速くなる。

（この人は…！）

ただ胸を軽く撫でられただけなのに、王嶋がやると、セクシャルな仕種になる。

「もうっ、そんなこと言ってると、茶碗蒸しダメにしますよ」

わざと乱暴に王嶋の手を払いのけると、大仰に肩を竦められた。

「それは困る…」

それでも、王嶋は漣のそばから離れない。

テレビでも見て待っているように何度も言っているが、王嶋は、キッチンに入り込んでは、何やかやと漣を構うのが好きらしい。

昨晩もメールで「茶碗蒸しが食べたい」とリクエストしてきたはいいが、どうやって作るのか見たいと言い出し、台所から離れようとしない。

具材にするかまぼこを切っていると、顔を寄せてくる。

味見をさせろと無言で訴えているのだ。

厚めに切ったものを口元に持っていくと、ぱくりと齧っている。

小田原《おだわら》の名店の逸品は、王嶋が手土産に持ってきたものだ。

週末の午前中に漣の自宅に来るようになってから、王嶋は度々手土産を下げてくるようになった。

先週は酒だったが、大抵は食べ物で、王嶋自身にこだわりがあるのか、漣も聞いたことがあるような老舗名店の品が多い。

「旨い…」

「これ、鯛のすり身でしょう？　いい出汁が出るから、茶碗蒸しが美味しくなりますよ」

「ふん…、ミナトに食わせるのはもったいないな」

「また、そんな意地悪を…」

「煙草の吸いすぎだ、アイツは。舌が麻痺《まひ》してる」

「大事な№1なんじゃないんですか？　ホンット、あなたって、そういうとこ、意地悪ですよね」

「おまえ以外には、な…」

そう言って、王嶋はにやりとした。

「あのねぇ…！」

怒ろうとした瞬間、頬に唇が触れる。

びっくりして振り返ると、眉を寄せた王嶋に危ない、と囁かれた。

「包丁持ってるんだろ。暴れるな…」

「させてるのは、あんたでしょうがっ」

既に、王嶋は漣を「おまえ」と呼ぶようになっていたし、漣も言い返すときはカッとするせいか、顧問会社の社長を「あんた」呼ばわりしてしまう。

王嶋はそういう漣の礼儀を忘れたような物言いは全く気にかけず、むしろ嬉しそうにすらしていた。

「指でも切ったらどうしてくれるんですか」

怒ると、王嶋の腕が腰に巻きついてきた。

「ちょっと…！」

「勿論、責任取るさ」

「は…?!」

何を言い出すんだと呆れるが、王嶋の腕は離れようとしない。

「やり難《にく》いんですけど！」

「慣れろ」

「そんなことできるわけないでしょうがっ」

振り解《ほど》こうとするが、今や、後ろから抱き込むようにされている上に、体格差もあって、容易には果たせない。

「俺にこんなことして楽しいですか？」

「楽しいね」

即座に答えが返ってきた。

「いくらお袋似の女顔でも、俺はれっきとした男ですよ？」

「知ってる。こうして抱き締めていればわかるからな…」

「オンナに飽きたんですか？　あなたなら、二丁目辺りでいくらでも釣れるでしょう」

「男ならなんでもいいわけじゃない。言っただろう？　おまえがイイ」

「――聞きましたけど…」

今一つ信じられない。

というより、信じてはいけない――ような気がする。

「俺では不満か？」

(そんな恐れ多いこと言えるかっつうの！　歌舞伎町の帝王だぞっ)

「そういう問題じゃないでしょう！」

嚙み合わない会話についイラっとして、漣は肩越しに王嶋を睨みつけた。

と、自分を見つめていただろう王嶋とかっちり視線が合ってしまう。

王嶋の手が漣の顎から耳への線を辿る。

そのままゆっくりと上向かされて、上背の優《まさ》る王嶋の顔に近付けられて行く。

唇が触れる…、その寸前で、チャイムが鳴った。

「ミナトだな…。おジャマ虫め」

苦笑した王嶋が体を離し、ミナトを部屋に上げるためにインターホンに向かった。

(あ…、なんなんだ……、今の――)

一気に力が抜けた漣は、手にしていた包丁を取り落としてしまった。

シンクに滑り落ちて、ガタッと大きな音がしたが、幸い、王嶋は玄関に出ていて、聞かれてはいないようだ。

あれくらいで、動揺したところなど見せられない。

(さすが…、歌舞伎町の№1、伝説のホストってか…?)

漣だとて、六本木の老舗で№1を張っていたのだが、如何せん、醸し出す雰囲気が数段格上なのだと思い知らされた気がした。

(ヤバイって…)

思わず振り返り、ステンレスシルバーの冷蔵庫の扉面で顔が赤くなっていないかチェックしてしまった。

「漣さ〜ん」

ミナトの声がする。

漣は、ゆっくりと深呼吸をすると、包丁を拾い、水で洗い流した。

王嶋が戻ってきたときに、何食わぬ顔でいたい。それだけを必死で取り繕っていた。


「はぁ……」

携帯電話を手に、漣は深い溜息をついていた。

着信履歴に同じ番号が四件ある。

全て、王嶋柾輝からのものだ。

「メールにすりゃいいのに」

思わずぼやかずにはいられない。

ぼやきながらも、歩みは止めない。

大概の場合、約束の場所に王嶋は先に着いているし、今日はただでさえ遅刻しているのだ。

「あの人、話が長いんだもんな…」

あの人、とは王嶋ではなく、漣の顧客である中年女性のことである。

都下に広大な敷地を持つ大地主で、漣は不動産管理の一部を委任されており、受託料は平均より相当高額だ。

話が要点だけ――例えば、○○さんが地代を払ってくれないから払うように言ってほしいなど――ですめば、最高のお客様なのだが、世の中そんなに甘くない。

受託料の中には、娘婿の悪口や親戚の愚痴、ご近所の噂話などにお付き合いする分も含まれている。

王嶋は待たされるのがあまり好きではないらしく、少し遅れると、すぐに電話をかけてくるのだ。

漣の所在地を確かめたいらしい。

電車の中だと一言教えてやれば王嶋の気も済むし、待たせている方の漣としても少しは安心するのだが、そうはいかない。

公共マナーは守る。

無作法なオッサンにはなりたくないので、日頃から気をつけているのだ。

メールならすぐに確認できるし、返信できるのに、と思わずにはいられない。

早足のお陰で、待ち合わせ場所である王嶋が経営するバーには十分遅れで着いた。

今日の王嶋は、珍しくカウンター席にいる。

店に入ってきた漣を目聡く見つけると、手を上げて呼び寄せた。

ほぼ同時にウェイターが滑るように近付いてきて、ご案内しますと促される。

この店のカウンターは、ちょっと珍しい設えになっていたから、一度座ってみたいとは思っていたのだ。

マホガニーと特注品だというカウンター自体はなんの変哲もない。

変わっているのは椅子である。

よくあるようなスツールではなく、背凭《せもた》れが湾曲した木製のアームチェアが置いてあるのだ。

椅子との高さを合わせるために、カウンターは床に埋め込まれている。

というより、そうするために床全体を少し高くして、階段を上った先にカウンターがある造りになっていた。

当然、バーテンダー達が立ち働くカウンターの中は、本来の床の位置である。

つまり、バーテンダーは一段低い場所から客を出迎えているのであった。

漣が近付くと、王嶋は合図して案内してきたウェイターを下がらせ、自ら立ち上がって、漣のために椅子を引く。

絨毯《じゅうたん》のせいか、椅子の脚のつくりのせいか、キャスターもついていないのに、椅子はスムーズに引き出される。

ちょっと面食らったが、わざと何ともないような顔をして、腰を下ろした。

王嶋が隣に座るなり、遅れた詫《わ》びを言うことも忘れた漣は、以前から思っていたことを要求することにする。

「電話じゃなくてメールにしてくださいよ。あなたほどじゃないにしろ、俺もいろいろ忙しいので、タイムリーに出られるわけじゃないんです」

「メールは好きじゃないな…」

などと王嶋は言った。

「おまえの声が聞きたいな。できれば、携帯越しにじゃなく、生の方がいいんだが…」

「あのですね…!」

いくら自分の店だとはいえ、バーテンダーがいる前で何を言い出すんだと抗議をしても、どこ吹く風だ。

厚顔無恥だとしか思えない男は悪びれない。

「何度も電話をされたくないなら、早く出ればいい。俺の誘いを断らないなら、着信の回数はぐっと減るぞ?」

「そんなに断ってないでしょうが」

「そうか?」

「王嶋さんの被害妄想です」

なんの注文もしていないのに、バーテンダーがグラスを漣の前に置く。

(相変わらず躾《しつけ》が行き届いているというか、強権が徹底しているというか…)

グラスの中身は、ラスティネイルである。

ドランブイの味や香りが好きだと言い、二度続けて注文したら、言わずとも出されるようになった。

さすがに二杯目からは何にするかと聞かれるが、最初の一杯はこれが定番になっている。

「たまには俺も同じものをもらうか…」

そう言った王嶋が、自分にもラスティネイルを作らせた。

「心を満たすもの…」

「え？」

「ドランブイだよ。ゲール語で、心を満たすものという意味だ」

「トリビアだ」

そう言ってからかいながらも、心を満たすもの…、と漣は口の中で繰り返した。

「ちなみに、俺にとってのドランブイは、おまえだ」

心を満たす存在だと告げられて、漣は思わず口元でグラスを止めてしまう。

頬が熱くなるような気がしたが、アルコールのせいだと思いたい。

「キザですね」

わざと眉を顰めてみせながら、横に座る男をねめつけた。

「キザだとも」

おまえの前でだけな、と王嶋は付け加えるのを忘れない。

しゃあしゃあとした顔を見ていると、ちょっと困らせてやりたくなった。

「前から思っていたんですけど、王嶋さん、宗旨替えしたんですか？」

女ではなく男がよくなったのか、とあえて聞いてみる。

「おまえに会った瞬間からな」

予想半分、予想外半分の答えが返ってきた。

まさか、と言われる予想が50％、漣のせいだとかなんとか言われるという予想が残り50％だと踏んでいたのである。

「即答しないでくださいよ」

そんなに簡単に答えないでほしい、と漣は不満を露《あら》わにした。

「『歌舞伎町の帝王』が男に走ったなんて、外聞が悪いんじゃないんですか？　王嶋さんの信者達に恨まれるのはゴメンです」

漣が言うと、王嶋が妙な顔をする。

「なんだ、信者って？」

「たくさんいるでしょう？　デランジェにも、この店にも…」

王嶋に憧れ、いつかは自分もああなりたいと夢を見る若い従業員達のことである。

「信者っていうより、帝王の臣下、かもしれませんけど」

さらに言うと、おいおい、と王嶋が眉を顰めた。

「俺はそれほどワンマンじゃないぞ」

「ワンマンな人ほど、そう言うんです」

そうか？　と納得しない顔を見せながらも、王嶋は問題ないと言い張った。

「そんな理由で店を辞めたいなんて言ってきたやつは今のところいないから、安心しろ。大体、おまえが言うほど崇《あが》め奉《たてまつ》られているなら、宗旨替えしたくらいで忠誠心をなくしたりしないはずだろ？」

違うか、と問われて、頷けはしないものの、といって首を振ることもできない。

「正直に言えば、今まで男と付き合ったことはないし、口説きたいと思ったこともない。ホストをやっていたころには客にいたが、それだけだったし…」

「えっ、男の客がついてたんですか？」

さすが伝説のホストだ、と驚くと、王嶋が口元を緩めて笑った。

「ちなみに、うちのホストの三分の一くらいには男の客がついてると思うぞ。生物学上は男、の客がな」

そう言われて、はたと気がつく。

「ショーパブやオカマバーはたくさんありますもんね…」

ちょっと脱力してしまった漣が呟くと、にやっとした笑みが返ってくる。

ミスターレディ達も大切なお客様なのだ。

「言っておくが、おまえはそういうのとは違うぞ」

わかってるだろうが、と王嶋は言いながら、ちらりと漣に視線を送ってきた。

一瞬だったはずなのに、眼力にはしっかりラブビームともいえる光線が込められていて、漣の頬を熱くする。

（もぅ～、ヤダよ、この人、目付きがすっげぇエロいんだもんなぁ…）

伝説のホストの熱視線をまともに浴びてしまったのは、ちょっとまずかったかもしれない。

剛毛が生えていると江木原に揶揄される心臓が、バクバクいっている。

「飲みすぎたか？」

バーの薄暗い照明の下でもわかってしまうほど、赤くなっているようだ。

ヤバイかも、と思っていると、王嶋がひたっと肩をつけてくる。

耳元に息がかかるほど近くで、送って行こうか、などと囁いてきた。

「まだ、自分で帰れます」

「それは残念」

ふざけるな、と口では言えないから、目で訴える。

だが、王嶋は面白そうに目を細め、大仰な仕種で肩を竦めただけだ。

「送ったついでに泊めてもらえるかと思ったんだが」

「うちに客用の布団はありませんよ」

「おまえのベッドがあるだろう？」

「俺にソファで寝ろと？」

漣が言うと、これには、まさかとの答えが返された。

「おまえの寝床は、俺の胸だ。腕枕をサービスしてやる」

「いりません、そんなの」

突っ撥《ぱ》ねても、王嶋が懲《こ》りる様子はない。

そのうち俺と一緒でなければ眠れないと言うようになる、などと嘯《うそぶ》いている。

肩はくっついたままだ。

漣の方から引けばいいのだが、避けているようで態度が悪い印象になる気がして、できないでいる。

王嶋から離す様子は全く見られなかった。

むしろ、時折そっと押してくる気配がする。

そろそろ降参しろよ、とでも言われているようだ。

触れ合ったところは、スーツの布越しからでも熱い体温が伝わってくる。

それがそのまま王嶋の思いの熱さのように感じられ、ますます動悸《どうき》が激しくなった。

不思議な浮遊感と熱っぽさは、風邪をひいて寝込む寸前の感覚に似ている。

（飲みすぎだ…）

全てはアルコールがもたらす酩酊感のせいだ…、ということにしてしまおう。

そうしようと決めたのに、熱っぽいのは隣に座る男のせいだと、そこだけ温かい肩がいつまでも反論を続けていた。


「王嶋様から二番にお電話です」

秘書からの内線だから、切れと言うわけにもいかない。

「――繋いでください」

切り替わる音がしたあと、王嶋の声がした。

『今晩、時間取れないか？　食事でもしよう』

「今日は残業です。あなただって忙しいでしょう」

『忙しいから顔が見たい』

「忙しいなら、人の顔眺めてる暇なんかないんじゃないですか？」

つっけんどんに言ってやったのに、受話器越しに含み笑いをしているのが聞こえてくる。

『そう言うな。仕事の話だ』

「え…？」

『何を驚いている？　おまえは、俺の弁護士だろう？』

（なんだよ、それなら早く言えっての）

「あなただけの、じゃありませんけどね」

『俺といるときは、俺だけの、だ。まぁ、いい…。八時に神楽坂《かぐらざか》でどうだ？』

「大丈夫です」

漣が言うと、先ほどとは違うニュアンスの低い笑いが洩れ聞こえてきた。

王嶋の顔が目に浮かぶような気がする。

余裕たっぷりの、満足そうな顔が…。

店の場所はメールすると言って、電話は切れた。

（なんか、遊ばれてる…ような気がする）

そう思うと悔しい気もするが、食事の誘いをOKしただけだというのに、あの王嶋が上機嫌になると思うと、不思議と溜飲《りゅういん》が下がる。

ああいう男を多少なりとも振り回している、という自覚は、さすがに漣にもあった。

いつも余裕綽々《しゃくしゃく》の態度しか見せず、クールで、どちらかといえばスカしているような王嶋が、時折、漣の受け答え次第で、僅かに表情筋を変化させる。

思わぬ優越感だった。

大事に扱われることも、決して嫌な気持ちはしない。

「――せいぜい、たかってやるか」

俺のものになれだの、離したくないだの、本気にしては恥ずかしすぎる、冗談としか思えないような科白を囁かれ、そのたびに、感情が乱高下しているのだ。

慰謝料代わりに豪勢な食事くらい奢ってもらわなければ、割に合わない。

やがて送られてきたメールは、聞き覚えのある店名と地図が添付されていた。

三田牛《さんだぎゅう》を使ったステーキ懐石を出す店らしい。

「ラッキー…」

このところ、忙しすぎて自炊が疎かになっているどころか、昼食もままならないことすらある。とうとう、先週は休日出勤をする羽目になり、土曜のブランチタイムはキャンセルさせてもらった始末だ。

連絡をしたとき、顔が見られなくて残念だとのたまった王嶋だとて、決して暇なはずはないと思うのだが。

(意外に、マメなんだよな…)

妙な感心をしつつ、漣は手元の書類に目を落とす。

八時前に事務所を出るためには、片付けてしまわなければならない仕事が山ほどあった。


「ようやく会えた…。二週間ぶりだ」

席につくなり、王嶋は漣の顔を満足げに眺め、恥ずかしげもなく言った。

ステーキ懐石を主にしている『ななせ』は、京都の町家《まちや》を思わせる鰻《うなぎ》の寝床のような奥行きがある建物で、古民家を改装して造られた店のようだった。

通された個室は庭に面しており、掘りごたつ式になっている。

向かいに座している王嶋は、何度も目にしたご満悦の肉食獣さながらの表情をしていた。

「――――で、仕事の話って、何なんです？」

戯言には耳を貸すまいと、漣は、座るなり、そう言って切り出した。

「事業を一つ、整理しようと思っているんだが…」

「え？」

自分から話を振ったとはいえ、そんな話だとは思いもしなかった漣は、少しばかり驚く。

どうせ、また、ビルを買収するだの、新しく店を造るだの、拡張する方の用件だとばかり思っていたのである。

折悪《あ》しく、仲居が酒と最初の料理を運んできて、話が一旦途切れた。

横長の黒塗りの漆器に盛られた、目にも鮮やかな前菜が前に置かれる。

切子《きりこ》の小さなグラスに大吟醸を注ぎ合い、先《ま》ずは乾杯した。

最初の一杯だけは、互いに酌をし合うが、二杯目からは勝手にするのが、王嶋との間の約束事のようになっている。

「心配しなくても、うちの業績は悪くない。多少、ばらつきはあるが、全体の収益は増えている。そこそこ順調にな」

「知ってます。決算報告書、見てますから」

心配なんかしていないと言外に含めてつっけんどんに言ったものの、王嶋には当然ばれているだろう。

事業を縮小するほど、経営に問題があるのかと一瞬勘繰ってしまったことくらい、お見通しなのだ。

「去年の同じ時期より、上向いていますよね。それなのに、縮小ですか？」

漣が疑問をぶつけると、王嶋はあっさりと言ってのける。

「最近は、ＡＶも大して儲からないからな」

「ＡＶぃ?! そんなこともやってたんですかっ」

牛刺の握り目葱《めねぎ》のせを口に運ぼうとしていた漣は、驚きのあまり、危うく取り落としてしまいそうになった。

「なんで、そんなに驚く？ おまえ、うちの謄本見てるんだろうが」

呆れたように王嶋に言われ、見てますけど…、と言い返したものの、咄嗟に思考が繋がらない。

（そんなの、書いてあったっけ…？）

王嶋が代表取締役を務める株式会社と顧問契約をするにあたって、勿論、会社の概要が記されている登記簿謄本を見ているのであるが、ＡＶの製作などという項目があった記憶はないような気がする
訝しげにしていると、苦笑した王嶋が脇に置いていたデュポンの黒い鞄の中から登記簿謄本を寄越した。

素早く目を通し、ああ、これか、と思い当たる。

「ビデオ製作、番組企画…」

「人材派遣と、マネージメントもな。女優の斡旋《あっせん》もしてる」

「へぇ…」

言われてみれば、なるほどなとも思うし、王嶋の人脈を考えれば不思議はない。

男優としてＡＶに出るホストもいないわけではない。

食い詰めた末のことであったり、ルックスで企画ものに起用されたりと理由は様々だが、女の扱いに慣れ、そこらの男よりは、かなりセックスの経験を積んでいるという点で重宝されるらしい。

ホストにしても、女優ほど高額ではないものの何がしかの金が入るし、持ちネタにも使えるから、損な話ではないのだ。

ならばいっそ、とホストの側が、作る側に回ろうとしてもおかしくはないだろう。

「最近は締めつけが厳しいしな」

「児童保護法ですね。あれ、引っかかると大変ですよ」

「知ってる。同業者が、最近、手入れ食らったからな」

未成年者の猥褻《わいせつ》画像を販売したとして、業者が捕まったのは一ヶ月ほど前のことだ。

王嶋の話だと、そもそも低予算、低価格、だったのが、昨今はネットを使ったり、アジア圏からも流入があるせいか、過当競争が過熱し、ますます低価格化が進んでいるのだという。

女優へのギャラも、五、六年前なら、素人でも一本百万円前後だったのが、今は人気のある有名女優でもなければ百万を超える高額なギャラは出せないという。

大勢の女優を抱えたプロダクションが、資金に困って裏で風俗を始めることもある、という話だった。

王嶋の会社でも、低予算で作ったはいいが、売れども利益がほとんど出ないという悪循環に陥りかけているらしい。

聞いている間に、メインのステーキが運ばれてきた。

まだ鉄板の上で油が躍っているくらい焼き立ての肉は、柔らかく、口に入れると蕩《とろ》けるような旨みがある。

ひとしきり舌鼓を打ったあとで、王嶋が新しい酒を持ってこさせ、本題に入った。

「面倒だから、すっぱり畳んじまおうかと思っていたんだが、前にうちの店にいたヤツが、やりたいって言い出してな。新会社を作って、事業を譲渡して、会社丸ごと売ろうかと思うんだが」

「――よろしいんじゃないでしょうか。ですが…」

漣は、箸を置いて、居住まいを正した。

「買主に会社を作らせてから譲渡した方が楽だとは思いますけど。その方が、王嶋さんの名前も新会社に残りませんし、後腐れありませんよ？　ＡＶ製作を始めるって言うくらいなんだから、相手も法人設立に必要な資金くらい、持っているんでしょう？」

「まぁな…。全部ひっくるめて一千万ならキャッシュで用意できる、とは言っていたな…」

「なら、その資金を新会社に貸しつけた形にして、その資金で事業を買い取ることにさせたらどうです？　知り合いの司法書士、紹介しましょうか？」

漣が言うと、しばらく考えていた王嶋は、そうだな、と呟いた。

「そうするか…。司法書士に連絡取っておいてもらえるか？　近いうちに、国崎《くにさき》を連れて、あいさつに行くようにする」

「国崎さんっていうんですか、その相手って？」

「なんだ、知っているのか？」

「ええ、ミナトからちょっとだけ。ミナトの前の№1だったとか…」

「ああ…。源氏名はシンヤだったかな。実家が寺で、坊主になるのが嫌で家を飛び出して、ホストになったはいいが、住職の親父さん張りの説教で客を懇々と諭すもんで、最初は成績悪くってな。しばらくしてマニアックな客がつくようになったら、それがどれも太客ばかり。単価がデカイから、あっという間に№1になった」

「結婚して引退したって聞きましたよ。客の中でも一番金回りがいいけど、一番焼餅《やきもち》焼きな女性とだって。大丈夫なんですか、そんな仕事始めて…」

「いいんじゃないか？　つい、この間、離婚したみたいだしな」

「早…っ」

呆れていると、王嶋が含み笑いを洩らした。

「浮気したのは女房の方らしいぞ。結婚してもホスト遊びが止められなくて、結局、いくらも経たないうちに他のホストとデキちまって、挙句の果てに離婚届の上に札束積まれて、出てってくれって言われたそうだ」

「キツイな～、それは…」

「無一文で叩き出されたわけじゃなし。そのうち、忙しくて落ち込んでる暇なんか、なくなるさ」

大したことじゃない、というように王嶋は肩を竦め、グラスを干した。

その言い草を聞いていた漣は、いつものことながら、少なからず呆れてしまう。

厄介事を抱え込むのは本人に原因があるんだと言わんばかりに、冷たく、突き放したようなものの言い方をする。

今や死語となっているが、それこそカリスマ的存在感を持って彼らの信頼を集めているだけに、従業員やホスト達の面倒見が悪くないことくらい、傍《はた》で見ていてもわかる。

それなのに、露悪的な言い方をしなくても…、と思ってしまうのだ。

だから、つい口に出した。

「やることがあれば、確かに気が紛れるかもしれませんけど、浮気された挙句に家を追い出された傷はそんなに直ぐには癒《い》えませんよ。国崎さんだって、元No.1のプライドだってあるでしょうし」

「プライドがあったら、浮気相手から女房取り返してるさ。自分の女寝取られて黙ってるようじゃ、そもそもホストには向いてないしな。辞める切っかけもらえたんだ。元女房には感謝するべきだろ」

「なんで、そうなんです？　そんな、冷たい言い方しなくてもいいじゃないですか」

「そこら中に振りまけるほど、愛想の持ち合わせがないんでね」

「そ…っ」

そんな言い方はないだろうと言いかけた漣は、思わず口をつぐんだ。

こちらを睨むように見据えている王嶋と目が合ってしまったからだ。

なまじはっきりとした目鼻立ちをしているから、黙ってしまうと否応なしに迫力が増す。

双眸の中で放たれている酷薄そうな表情は、最初の出会い以来すっかり鳴りを潜めていたというのに、今は鋭く漣を射抜いていた。

(怒った——————?)

適当にいなされると思っていたのだ。いつもみたいに…。

取り繕う言葉を言おうとしたが、上手い言い方が見つからない。

それに、機嫌を悪くさせたからといって、慌てて媚《こび》を売るように機嫌を取るのも嫌で、とうとう、漣も口を開かないままだった。

数日後、王嶋ではなく、国崎本人から連絡が入り、打ち合わせの日程を決めた。

打ち合わせの当日、王嶋は国崎とともに事務所にやってきたものの、その態度は、恐ろしくビジネスライクに徹していて、漣を戸惑わせた。

最初に、ミナトとともに訪ねてきたときよりも、さらに距離を感じる。

結局、契約の細かい内容や、法人設立に必要な書類の説明に終始して、打ち合わせは終わった。

その間、王嶋は、一言も無駄口を叩かなかった。

あれから、既に一週間経っている。

金曜の夜だというのに、王嶋からの連絡はなかった。

いつもなら朝一でお誘いメールが入っているはずなのである。

仕事だからと断ろうものなら、遅くなっても構わないから、とOKメールを返すまで何度でも送ってくるのだ。

それが本日に限ってナシのつぶて。

ここ最近はずっとそんな調子だったから、金曜には予定を入れない習慣がついてしまっている。

ほんの少し前までは、一人で過ごしていたというのに、ぽっかり空いた時間を、漣は自分でも思ってもみなかったほどに持て余していた。

八時には帰宅し、ありあわせのもので食事を済ませてから惰性のようにテレビをつけたものの、チャンネルは定まらず、リモコンをいじってばかりいる。

「心、狭っ…」

ソファにドカッともたれかかって、思わず呟いた。

あんなことくらいで、そんなに怒らなくても、と思う。

「そんな言い方しなくたってって、ちょっと言っただけなのに、――――なんだよ…」

今までだって、王嶋の意見を否定するようなことは何度も言ってきた。

だが、一度だって機嫌を損ねたことはない。

「一体、何が地雷だったわけ？」

仕事以外でなんとなく会う回数が増えて、錯覚してしまったのかもしれない。

「親しき仲にも礼儀あり…、とは言うけどさ。それにしたって、ああいう怒り方って、どうよ？」

自嘲《じちょう》めいた独り言は止まらない。

好きだの、惚れているだの、自分のものになれだのと散々言っておいて、ちょっと気に入らないと、この有様かよ、と考えているうちに腹が立ってきた。

若いころも、同じように口説かれたことがある。

愛しているだの、おまえが欲しいだの、耳が腐るかと思うほど口説かれて、つれない態度であしらっているうちに、いつの間にか相手も飽きたようだった。

「これだから、遊び慣れてるヤツは嫌なんだよ…」

ブツブツ呟きながら、ビールを取りに冷蔵庫を開けようとしたつもりが、ついキャビネットに手が伸びる。

オールドファッショングラスにバランタインをドバッと注いで、ぐいっと呷《あお》った。

「こっちがちょっと何か言うと、ムカついて、手の平返しやがって。何様だよ…」

王様だ、という王嶋の突っ込みが聞こえてきそうで、苦々しくなる。

「だぁれが、あんなヤロウの言うことなんか信じるかってぇの…っ」

自分に言い聞かせないと、ダメになってしまいそうだった。

いつの間にか、自分でもそうとは気づかないうちに、王嶋は漣の中に深く入りこんでいたらしい。

私生活だけではなく、その心情の奥まで侵食されてしまったようだ。

母親を亡くしてから、学業を続けるためにホストまでやって金を貯め、辞めたあとは司法試験のために必死で勉強してきたから、世間では一番楽しいはずの学生時代を、漣はほとんど友人もつくらずに過ごしてしまい、弁護士になってからも、気の置けない親しい存在にはついぞ出会ってこなかった。

そのせいか、たった一週間だというのに、王嶋から連絡がこないということが結構なダメージになっている。

『おまえは特別だ』

『声が聞きたい』

『出会った瞬間からおまえのことばかり考えてる』

脳裏に蘇《よみがえ》るのは、平然と口にされた歯が浮くような科白だ。

一度もまともに取り合わなかった。

とても本気だとは思えなかった。否――思わない方がいいと自分を抑制していた。

王嶋ほどの男が、男を真剣に口説くとは考えられなかったし、真に受けたあとで、遊びのわからないやつだと嗤《わら》われたくなかったのもある。

絶対に認めたくはなかったけれど、気恥ずかしいような甘い言葉が本当は心地よくて。

いつの間にか耳に馴染《なじ》んでしまっただけでなく、ずっと聞いていたいとすら心のどこかで思っていたことを、否定することは、もうできそうになかった。


ふいにインターホンが鳴る。

時計を見れば、朝の五時だ。遮光カーテンの隙間から、光が洩れている。

考え事をしているうちに、つい、過ごしてしまったらしい。

「朝っぱらから、誰だよ…っ」

こんなに弱っているところに来合わせたヤツなんて、ぶっ飛ばしてやりたい、と思う。

今なら、たとえ、宅急便屋の冴《さ》えないアバタ面の兄ちゃんでも、部屋に引っ張り込んで、愚痴を聞かせてしまいそうだ。

「ハイ、ハイ…」

インターホンの画面も確認せず、ロックを解除する。

「――――え…？」

立っていたのは、王嶋だった。

漣の顔をしばし眺めてから、おもむろに溜息をつく。

「誰が来たのかくらい確認しろ。侵入されて、レイプされたらどうする」

「そんなことするやつ…」

あんた以外にいるもんか、と言おうとして言葉が続かなかった。

掬《すく》うようにして王嶋に抱き締められたからだ。

「なに……っ」

「――――薄情なのは、おまえの方だ」

「え…？」

なんの話かと思えば、『ななせ』での続きらしい。

「冷たいだのなんだの、人を詰っておきながら、自分はどうだ。おまえからはメールの一つも寄越さないくせに。俺のことを言えた義理かっ」

「なっ……！」

いきなりやってきたかと思えば、顔を見るなり責められて、漣は少なからずムッとする。

「用もないのにメールなんかしません」

言い返すと、王嶋が、それ見たことかと不機嫌そうに鼻を鳴らした。

「人が散々口説いているのにまともに受け取らない。その上、俺の前で他の男を持ち上げるようなことを言うし」

「持ち上げるって…」

なんのことだかわからないと眉を寄せていると、王嶋が低い声でぼそっと「国崎」と言う。

「えっ？」

「打ち合わせのときだってそうだ。俺にはニコリともしないくせに、アイツには愛想を振りまきやがって」

「それは初対面だからでしょう?! しかも、アンタが紹介してきた客じゃないですか！　無愛想でつっけんどんになんかできませんよっ」

「アイツには無愛想なくらいで丁度いいんだっ」

「何言ってるんですかっ。そんな…」

子供みたいなことを言うのはやめてくださいよ、と言いかけて漣は押し黙る。

ふと思いついてしまったのだ。

まさか、もしや、と思うが、そうなのだろうか。

「もしかして、――妬《や》いたんですか?」

「――悪いか…」

苦虫を嚙み潰したような顔をした王嶋が、腕を伸ばしてくる。

苦しいくらいに抱き締められて、驚く反面、どこかホッとしていた。

まだ、この男と切れていない。

自分は、この男にどうやら本気で惚れられているようなのだ。

仕事中に他の男に愛想を振りまいたと、愚にもつかない嫉妬をされるほどに…。

そう思った途端、なんだかめちゃくちゃに嬉しくなる。

だから気が緩んだのかもしれない。

漣は、腕を上げて王嶋の背中を抱き返していた。

「こっちが腹を立てても、機嫌を取ろうともしないつもりか」

王嶋がだだっ子のような理屈を捏《こ》ねる。

自然と緩む口元を王嶋の胸元に押しつけて隠しながら、漣も甘ったれた科白を吐き出した。

「――どうせ……、アンタが来ると思って」

「待っていたと言え」

「待ってなんか…」

いない、とは言えなかった。

「おまえはどうだか知らんが、俺は、待てない」

そう王嶋は言いきる。

「いい加減、限界だ。――抱かせろ」

「王嶋さん…？」

焦点を合わせるようにして瞳を覗き込まれ、漣は視線を外せなくなった。

腰を抱き込まれ、ぐいっと引き寄せられて、慌てる。

「ちょっ…とっ」

押しつけるようにされて、王嶋が昂《たかぶ》っているのがわかってしまう。

「性欲処理なら、他所《よそ》でやれよっ」

思わず言って、ドンと胸を叩き、突き放そうとしたが、反動を利用してますます深く抱き込まれた。

「おまえが責任を取れ」

「なんで、俺がっ」

「おまえのせいだ」

「嘘つけっ」

怒って暴れる漣のうなじに王嶋が歯を立てる。

「……っ、なにすんだよっ」

「飲んでたんだろう」

指摘されて、押し退《の》けようとしていた腕の力が落ちた。

「一人で…？　寂しくなったんだろう」

「――――俺だって、飲みたいときくらいあるっ」

図星を指されて冷静に考える余地がどんどんなくなっていく。

ただでさえ、軽い酩酊状態だったところへ、見たかった顔を見てしまい、見透かされたように抱き締められて。

「酒よりも、俺の方がおまえを酔わせるのはうまいと思うぞ」

「あんた、なに言ってんだよっ」

怒る唇を、唇で塞《ふさ》がれた。

噛みついてやろうとしたのは、ほんの一瞬。

自分でも気づかないまま、王嶋の無言の求めに応じて舌を差し出していた。

靴を脱いだ王嶋が、唇を離さないまま、急《せ》く仕種で奥へと引きずって行こうとする。

いつにない余裕のない素振りを見せつけられて、漣は、弥《いや》が上にも煽《あお》られた。

「待っ…て」

「待てないって言った」

忙《せわ》しなく続く口付けの合間に、そんな会話を交わしながら、寝室へと辿り着く。

昨日の朝、適当に整えただけのベッドの上に、乱暴に突き転がされた。

体を起こした漣は、ジャケットを脱ぎ捨て、ネクタイの結び目に指を突っ込んで解こうとしている王嶋の姿を目の当たりにする。

腹を空かせた肉食獣の前に放り出されたような気分になった。

実際、王嶋は餓《う》えていたろう。

舌なめずりをする様が見えるような気がして、漣は思わず顔を背けた。

王嶋が、ベッドの上に乗り上がってきて、ベッドボードへと追い詰められる。

「嫌だ、は許さない」

「――――そんなこと言ってない」

顎を取られても頑《かたく》なに自分の方を見ようとしない様子がそそられるのか、王嶋が低い笑みを洩らした。

「おまえは、本当に、――――可愛いよ」

「な…っ」

何を言い出すんだと食って掛《か》かろうとして、思わず顔を上げてしまい、視線が絡み合った。

視線に温度があるのなら、熱さで火傷《やけど》をしてしまうだろう。

高温のあまり、一瞬にして燃え上がり、灰になって散ってしまうかもしれない。

顔が近付く。

耐えきれなくなって、――漣は目を閉じた。


「……っ」

嚙み殺せなかった吐息が、ひどく大きく響いたような気がして、漣は思わず唇を嚙み締めた。

「声を聞かせてくれない気か…？」

一糸纏わぬ姿で抱き合いながら、王嶋は執拗に口付けを繰り返す。

漣の四肢を余すところなく手の平で撫で、擦《さす》り、感触を楽しむようにして慰撫《いぶ》している。

そのもどかしいような仕種と、味わうようなキスのお陰で、漣もすっかり昂っていた。

この期に及んでも、まだ落とされたとは認めたくなくて、感じたところを見せまいと、つい我慢してしまう。

王嶋が張り詰めきったものを、腿《もも》の内側の滑らかな皮膚に押しつけてくるのを感じて、安堵する。

手管に乗せられて、昂らされるだけになるのは、絶対に嫌だった。

「漣…」

初めて、名前を囁かれ、ぞくりときた。

と、頑なだった壁の一角が僅かに崩れ、このプライドの高い男に、抱きたいとまで言わせて、何が不満だと、自分の中の何者かが囁く。

(メールの一つも寄越さない、なんて、まるで拗《す》ねているみたいじゃないか?)

いつもなら、含み笑いの一つも浮かべるところだろうが、今は違った。

何やら、甘やかなものが、つきんと突き抜けていく。

シーツの上に投げ出していた腕を上げて、王嶋の首に巻きつけた。

瞬間、驚いたような顔をしたのが、少し楽しい。

引き寄せて、囁いた。

「聞きたいなら…、そう、すればいい。俺が喘《あえ》ぎたくなるように、あんたが…、——ん…ぅっ」

言い終わらないうちに唇を塞がれる。

昂っていたものを包まれ、激しく扱《しご》かれた。

「あ…———っ、そ…なっ、急にっ」

煽ったとはいえ、いくらなんでも、これはないのではないかというくらい性急に追い立てられ、射精を促される。

「あ…ぁあっ！」

敏感な先端を擦《こす》り上げられ、されるままに王嶋の手を濡《ぬ》らす。

「はぁ……ぁ」

逐情後の虚脱感に身を沈めていると、王嶋の手が腰を返そうとしている。

なされるままに、臀部《でんぶ》を曝《さら》す姿勢になると、後穴を指先が探ってきた。

ぬるついている感触は、今し方漣が出したものだろう。

（このためかよ…）

手っ取り早く潤滑剤を調達したことに、ちょっとムッとしていたが、すぐにそんな余裕はなくなった。

王嶋の指が奥に入り込んできたのだ。

ホストだったころ、風俗勤めをしている客にされたことはあったが、指より太いものを入れられたことなどない。

王嶋がうなじに口付けを落としてくるのを感じた漣は、覚悟を決めて、腰の力を抜くように努めた。

「……っ」

指で何度も奥を探られながら、肩やうなじ、こめかみにキスをされていると、ひどく大事に愛されているような、そんな気分になってくる。

なんなんだと思いながらも、決して嫌ではなく、むしろ嬉しいくらいなのが、自分でも不思議でたまらない。

指が抜かれ、背後から王嶋が覆い被《かぶ》さってくる。

耳朶《じだ》に舌が這《は》い、熱い息遣いを間近に感じて、泣きたいような気持ちになった。

綻んだ蕾《つぼみ》に剛直があてがわれ、ゆっくりと侵入してくる。

「あ…ぁっ」

痛みを擦り替えようとしてか、王嶋が耳に歯を立ててきりりと噛む。

痛痒《いたがゆ》いような甘噛みにふるっと背を揺らした刹那《せつな》、奥まで王嶋が入ってきた。

「あ……ぁ…――――んっ」

シーツに額《ひたい》をつけて、蹂躙《じゅうりん》から逃れまいと、無意識に伸びあがろうとする体を押さえ込むために、揺れてしまう背中が凄絶《せいぜつ》に色っぽく、どれほど王嶋を煽り立てているか、漣にはわかろうはずがない。

「あぁ…っ、あ…ん……ぅんっ」

咥え込まされている楔《くさび》が、腹の中で脈打ち、熱を持って硬度を増していく。

その質量に、漣は呻《うめ》き声を殺せない。

「ん——……っ、——ん…ぁあっ」

「漣……っ」

押し殺したような王嶋の囁きが、漣をも煽り立てていく。

堪えきれなくなった王嶋が抽挿《ちゅうそう》を始めると、呻きは喘ぎへと変化を遂げて、閉めきったカーテンの隙間から洩れる朝日に薄く照らされる四肢を色づかせた。

ゆっくりだった抜き差しが、やがて掻き回すような動きを折り混ぜるようになると、包み込んでいた肉筒が刺激に耐えられなくなったようにうねりを見せる。

飲み込むように男の肉棒を食《は》む襞《ひだ》を持て余し、漣は荒い吐息を止められなくなった。

「ん…ぅっ、は…ぁ——あっ」

「……っ」

王嶋が一瞬だけ息を詰めるのを感じて、漣は満足する。

(俺だけ、なんて、冗談じゃない。あんたも一緒に溺《おぼ》れてもらう)

切れ切れの呻きに甘やかなものを滲《にじ》ませながら、漣は背中を揺すって王嶋を煽り立てた。

王嶋が、眉を顰めている。

引きずられそうになったのを懸命にこらえたのだ。

手慣れた様子で漣の下肢を寛げ、秘められた蕾を暴いたくせに、挿入してからは急くような仕種さえ感じる。

セックスを覚えたての思春期に、溜まった欲望を早く空にしたいと遮二無二に体を繋げたことを彷彿《ほうふつ》とさせた。

漣は、これまで同性と寝たことはない。

誘いはそれこそ数えきれないくらいあったが、大抵は、上手く後腐れのないように断ってきたのだ。

だが、戸惑うことなく秘孔に愛撫を施してきた王嶋は、それなりに経験があるはずだと、激しい律動に身を任せながら、漣は思う。

慕ってくるホストか、他の男か、王嶋ほどの男なら、客にすら男がいたのかもしれないが、躊《ため》躇《ら》わない動きが、過去を漣に伝えてくるのだ。

「あ――…うっ」

一旦、楔を引き抜いた王嶋が、快感に震える漣の肢体を仰向《あおむ》けに返し、両腕で足を開いて、再び突き入れてきた。

「――ぁあ…っ」

その激しさに、漣は、無理だと呻きながらも、背中を反り返らせて嬌声を上げる。

だが、執拗な愛撫で淫猥《いんわい》な肉壺《にくつぼ》へと変化してしまった後孔は、悦《よろこ》んで王嶋を迎え入れた。

自分ではどうしようもないくらいにうねり出した襞を掻き分けるようにして、抜き差しが繰り返される。

「んっ、んっ、んぅ……っ」

漣は、目を閉じて王嶋が刻む律動を受け止め、揺さぶられるまま快楽に沈んでいた。

忘我の境地に陥りかけている漣を、王嶋が抱きすくめてくる。

額が合わせられると、もはや苦しいくらいだった呼吸が少しだけ楽になり、漣は、痛みを堪えるように固く閉じていた目蓋《まぶた》が開いて、頭上の男を見つめた。

過ぎた快感に引き出されるようにして濡らしていた眦《まなじり》に、王嶋の舌が這う。

丹念に舐め取ったあとで、熱い唇を押し当ててきた。

王嶋の手で、皮膚細胞の一つ一つまでもを性感帯につくりかえられてしまったかのように敏感になっていた漣は、脳髄が痺《しび》れていくような感覚を味わわされる。

こんなふうに底無しの快感は初めてで、しかも暴走する一方の自分の身体《からだ》が恐ろしくさえ思える。

たまらずに王嶋の背中に縋りついた。

漣に抱きつかれたことで昂りを抑えきれなくなったらしい王嶋は、両腕できつく抱き締め返してくると、激しく腰を打ちつけてくる。

「あぁ――――…っ」

充溢感《じゅういつ》の増した楔で過敏に過ぎる柔襞《やわひだ》を擦り上げられて、漣は喘ぎを抑えられなくなる。開きっぱなしの口から覗く舌先を王嶋に舐められ、それだけで感じていた。

広く、硬い背中に縋りつく。

しがみついていないと、どこか思いもよらない場所へ投げ出されてしまいそうで、ほんの少しだけ恐ろしく、だからこそ必死だった。

放っておかれたままの股間《こかん》が熱い。

王嶋の腹に押されて腹筋に擦りつけられていたから、濡れそぼって恥ずかしいことになっているのはわかっている。

思いきり擦り上げて達してしまいたいのに、王嶋の背中から腕を離すことができない。

だから、腰を揺すってしまった。

我慢できないと、訴えてしまった。

「あっ、あっ、あぁ…っ」

はち切れそうになったものが手の平に包まれる。

その熱い体温を感じただけで達してしまいそうになる。

「あぁっ！」

阻むように根元を締め上げられて、嬌声が上がる。

嫌だと首を振っても、許されはしない。

「あっ、あっ、あっ……」

焼き切れてしまうと思う。

執拗に擦り上げられている肉襞も、自分の神経回路も、何もかも。

「漣……っ」

切羽詰まったような囁きが落ちてきて、目を開けると、王嶋が目を眇《すが》めている。

迫り来る快感を堪えている表情すら、不遜《ふそん》で、俺が我慢しているんだからおまえも我慢しろと言わんばかりだと思う。

「も……ぅ、――無理…っ」

降参するから、と縋りつくと、呼吸まで飲み込まれてしまいそうな口付けが送られる。

肩に縋っていた手を下ろし、両の手の平で王嶋の頬を包み込むようにして応えた。

濡れそぼった肉棒を縛めていた手が緩み、ゆっくりと上下に動き始める。

「んぅ――っ」

突き入れられる動きが激しさを増すにつれ、手の動きも速くなった。

「ふ…ぅっ、んん――…っ」

嬌声は王嶋の喉の奥に飲み込まれて行く。

腰が引き攣れるように持ち上がり、楔を食んでいる蕾がきつく締まった。

限界を超えた漣が、王嶋の手に導かれるまま放出する。

「は……ぁ……っ」

過ぎた快楽を味わい、脱力しきった漣が、くたっと王嶋の腕の中にその身を預けた途端、腰を引いた王嶋が己の剛直をまだ収縮を続けている襞の中から引き抜く。

快感の名残《なごり》で微かに震えている漣自身の上に、王嶋の熱い蜜液が滴《したた》り落ちた。

放埓《ほうらつ》のあとの倦怠《けんたい》感で、指一本動かせないといったふうの漣の横に、王嶋が逞《たくま》しい肢体を滑り込ませ、大きく吐息を吐く。

満腹して満足したライオンさながらの様で、笑いながらからかってやりたいのに、そんな体力も、気力すら残っていないのが悔しい。

こんなに激しいセックスをしたのは、恐らく生まれて初めてだ。

強い快感を与えられ、それに引きずられ、行為に耽溺《たんでき》したことなどない。

それでも、自分だけが余裕を失っていたというわけではなかったから、よかったと思った。

ゆったりと眠りたいという理由だけで、一人寝をかこつ身ながらダブルベッドを買ったのだが、ようやく正しい使い方をしたのだろう。

睦《むつ》み合った相手とゆっくり四肢を伸ばすには、丁度いい大きさで、これを買った自分を誉めてやりたいとすら思う。

王嶋の腕が伸びてきて、間近に引き寄せられた。

汗で冷えてしまった肌を感じたのか、激しい行為でめちゃくちゃになっていた上掛けを引っ張り出した王嶋が、柔らかい布ごとくるりと胸に抱き込んでくれる。

額に落ちる唇がくすぐったい。

思わず笑ってしまったら、頬や鼻を齧られた。

最後は唇を。

セックス中に交わしたキスとは違う。

穏やかで、互いを慰撫し合うような口付けを施されているうちに、漣は落ち着き、目蓋が重くなってくる。

王嶋に抱き締められたまま、睡魔に任せて目を閉じた。

自分のものではない体温と、髪を撫でていく手が気持ちいい。

そのまま、泥のように眠りについた。


「漣さ〜ん。ミナトでっす。おっは〜」

いつものように、マンションのエントランスでインターホンを押したミナトは、大好きな弁護士の顔が画面に現れるのを今か今かと待っていた。

綺麗な女も、綺麗な男も、見慣れているミナトだが、『漣さん』は特別だった。

客の女達のように作りこんだ美しさではなく、仲間のホストや飲み友達のモデル達のように己の美貌を誇示しようとしているのでもない。

ただ、そこにいるだけで、漣さんは、めちゃくちゃキレイで、ずっと見ていたいな〜などと思う。

ずっと一緒にいて、俺をもっと構ってほしいし、いつでも優しく笑いかけてもらいたいな〜、なんてことも考えていた。

漣さんは、俺のビタミン剤でカンフル剤で、スタミナドリンクなんだから、というのがミナトの理論である。

早く、顔が見たいよ〜などと思いながら、ミナトはじぃっと待っていた。

が、一向に返事がない。

「あれ…？」

買い物かな？　と思いつつ、もう一度押してみる。

今度はもっと強く、思いっきり、ぐいっと力を入れて、漣さんの部屋番号を押した。

「………」

「———買い物かな？」

メールしてみようかな、と思った瞬間、インターホンが切り替わる音がした。

「あっ、漣さ〜ん、俺、俺、ミナトで〜す。おっは〜」

両手を開いてポーズも可愛らしく決めたのに、インターホンからは笑い声すら聞こえない。

（あっちゃ〜…、ちょっちサムかったか…）

顔を強張らせていると、突如、不機嫌そうな声が返ってきた。

『帰れ』

「はいぃ？」

『聞こえただろう。今日は帰れ』

「――あ…れ？　もしかして、オーナー？」

『そうだ』

インターホンに王嶋が出ることは前にもあった。

料理中の漣は手が離せないことが間々あるからだ。

「なに言ってんですか〜。意地悪しないで、開けてくださいよぉ」

『うるさいぞ。帰れ』

「えぇ〜、なんなんですか、オーナー、横暴〜。漣さん、どうしたんですか？　いるんでしょ？」

『寝てる』

「えっ、寝坊っ？　ってか、具合悪いとか？」

『――――まぁ、そんなようなものだな…』

「えっ、大変じゃないっすか。熱は？　薬飲んだんですか？　医者連れてかなくていいんすか？」

『うるさいヤツだな。少し眠れば大丈夫だ。そんなに騒ぐな』

「でも、心配だし。あ、俺、医者呼んできましょうか。土曜でもやってるところあるの知ってるし。頼めば来てくれるかも」

『いらん』

「じゃ、薬は？　解熱剤とか、ちゃんと効くヤツ飲ませてあげたんですかぁ？」

『薬なんぞ必要ない』

「え～、なんっすか、それぇ」

『いいから、おまえは帰れっ。ジャマするな！』

ブチっとインターホンが切られる。

「ちょっとぉ、それはないっしょ、オーナー！　マジ、横暴なんだからな～」

それにしても腹減ったな、という思いが半分。

ホントに漣さん大丈夫なのかよ、という思いが半分。

で、ミナトは、もう一度様子を聞こうと思って、インターホンに指を伸ばしかけ、ふっと脳裏に閃《ひらめ》いた。

「――漣さん、オーナーに食われちゃったとか、なぁんて…。ハハハ…、まっさか〜ぁ…」

自分で自分に突っ込みを入れながら、さっきの王嶋の言葉を思い出して、青くなった。

「オーナー、〝ジャマするな〟って言ってなかったっけ？――まてよ…」

医者も薬もいらない。眠ればよくなる。そう言っていなかったか？

「具合悪いんですかって聞いたら、そんなようなものだとか、なんとか…」

言っていたような…気がする。

「うっそ…、マジかよ」

行き着いた推測に、我ながらミナトはポカンとなった。

「あの人らって、デキてんの？　ってか、マジ？　っていうか、オーナー、男もイケんの？　そりゃおかしくないけど、ってか、漣さんもか。いや、あんだけ美形ならおかしかないけど。っつかマジで？　――や…、そもそもマジ、デキてんの？　漣さん、オーナーにヤり潰されちゃってるってことだよな？　もしかして、俺、止めに入った方がいいの？　オーナーのエロテクって神業って噂だし、アッチも立派で絶倫だっていうし。なんとかっていうエロ小説界の大御所が自作映画に出てくれって日参したっていう伝説もあるし。――ってか、そもそも、いつからだよっ！」

なんだか、自分だけハブにされてる、とちょっとばかり面白くないミナトであったが、オーナ

—命令に逆らって、漣の部屋に踏み込むつもりはない。

というより、できない。

「あの声…、マジだったもんな」

触らぬオーナーに祟《たた》りなし。

デランジェでの不文律を、今度ばかりはミナトも、大人しく守ることにしたのだった。


「オーナー、知らねぇ？」

開店時間が近くなっても王嶋が見当たらないことに気づいたミナトが近くにいたユウキに聞くと、さっき出かけましたよ、と言われた。

「例の弁護士の…、宝生センセイでしたっけ。あのチョ〜美形の人と一緒に」

「えぇっ、漣さん来てたのっ？」

ミナトは、思わずユウキに詰め寄ってしまった。

オーナーに追い返された日から、漣さんには会えていない。

なんとなく気が引けてしまってメールをしないでいたら、そのままになってしまったのだ。

美味しい朝御飯と、それを作ってくれる優しい漣さんの幻がミナトの脳裏を掠《かす》める。

残念すぎて、ミナトは情けない表情になってしまった。

ユウキは、黙々と灰皿を磨きながらハイと頷く。

「なんか、書類持ってきてて。でも、そのまま二人で出かけちゃいましたけど…」

「なんだよ、漣さん、来てたんだ…」

会えなくてガッカリという表情を顔全面に出して、ミナトが肩を落とす。

「ミナトさんも、あのセンセイのファンなんすか？」

「――――も？」

ファンというくだりではなく、ミナトさんもの「も」に引っかかって聞き返した。

ユウキは、キュッキュッといい音がするようになった灰皿を三個ずつ積み重ねていく。

「みんな、言ってますよぉ」

みんな、とは店のホスト達のことだ。

数えるほどしか店には来ていないのに、しっかりチェックが入っているらしい。

アイツら、そういうとこは抜かりないんだよなぁ、とミナトは心の中で半ば感心した。

世知辛《せちがら》い世の中に揉まれて生きているせいか、味方になってくれそうな人間を嗅《か》ぎ分ける術《すべ》を身につけている。

「なんつーか、俺らとは世界が違うって感じで、まぁ弁護士とかって頭メチャイイに決まってるし、エリートですよねぇ、言ってみれば。でも、全然偉そうにしないじゃないですかぁ。そんで、こう、目が合うと、ニコってしてくれるんすよねぇ…。マジ癒し系って感じで。ああいう人が客で来たら奪い合いの殴り合いっすよ。みんな、結構憧れてるっつうか…。まぁ、俺ら男だし、いくら美形っつっても宝生センセイだって男だし、サムイはずなんすけどぉ。なんつーか、あのヒトだけは特別っつうか〜」

美形弁護士について熱く語るユウキの言葉に、ミナトも大きく頷いた。

「そうなんだよなぁ…、漣さん、優しいし、料理も旨いし、ホント、マジ最高なんだよな」

「えっ、ミナトさん、飯食わせてもらってんすか？」

「まぁなぁ〜」

へへへ、とミナトは優越感にたっぷりと浸る。

「俺がこぼしたり、口に米つけてたりするとさぁ、拭いてくれたりすんだよ。すっげ、気ィきくっつうの？　もう、俺、婿になりたいくらい」

いいっすねぇ、とユウキが心底羨《うらや》ましそうに呟いた。

「ラブラブなんすねぇ…。なんつって、男っだけどぉ。アハハハハ」

「や…、俺は違う。ラブなのは俺じゃなくって」

オ、と言いかけて、ミナトは慌てて口を閉じた。

言いたい。言ってしまいたいが、言ってはいけない。

そんなことくらいはミナトだってわかっている。

「そりゃあ、あんな美形なんだからモテまくりっすよねぇ。ミナトさん、会ったことあるんすか、宝生センセイのカノジョ」

「や…、えぇっと、――――ある……ような、ない……ような」

あの二人がそうだったら、漣さんの恋人には会ったことはあることになる。

だが、カノジョではないし…。

悩みどころである。

ユウキは思いっきり首を傾《かし》げていた。

「なんですか～、ケチらないで教えてくれたっていいっしょ～ぉ」

黙り込んでいると、灰皿磨きの手を止めてしまったユウキがミナトの腕を摑んで、教えて～、と揺さぶる。

「えぇ～～っとぉ…」

なんと言って誤魔化そうか、と迷っていると、頭部にポカリと拳固を食らった。

「イッテェ！」

振り返ると、片方の眉を吊り上げたオーナーが立っている。

「お、おはようございますっ」

途端に直立不動の姿勢になったユウキが九十度に腰を折った。

「はよーっす…」

頭を擦りながらミナトもあいさつをする。

怒ると鬼より怖いオーナーは、二人をじろりと睥睨した。

「遊んでないで、さっさと仕事をしろ。ミナト、おまえ、同伴は？　店で油売ってていいのか」

「これからお迎えに行くんですっ」

キャバ嬢であるミーナが店を引けるまで、あと三十分ほどある。

新宿《しんじゅく》から六本木までタクっても深夜なら三十分はかからないし、ミーナだって時間通りに上がれるわけではない。

No.1キャバ嬢のミーナは気前のいい客だが、同じお水なだけあって狡《こ》すっからいところも目につく相手だ。

ホストの足元を見るようなことを平気で言うし、やる。

そうやって、日頃のストレスをぶつけているのだろうが、やられる方はたまったもんじゃない。

が、そんな女のご機嫌をとって気持ちよくさせてやるのがミナトの仕事だ。

それで金をもらっているのだから仕方ないのだが、漣さんと会ってきたオーナーに叱られると、常にはなかったような怒りが湧いた。

もしかしたら、どこかでしっぽり、二人っきりの時間を過ごしてきたのかもしれないなぁ、などと思うと、気分がクサクサしてくる。

誓って漣さんに邪《よこしま》な思いを抱いているわけではないのだが、水を満々と湛えた美しいオアシスから締め出されているような気分にはなっていたから、ミナトの心はすっかり渇き気味だ。

「なんだよ、自分だけ漣さんと仲良くして…」

御飯と漣さんの笑顔欠乏症になりかかっていたミナトは、ついボソッと呟いてしまった。

まさに、本音の拗ねである。

言った次の瞬間には、しまったと思ったが遅かった。

言ってしまった言葉は取り消せない。

口の中に引っ込んではくれない。

客相手にならいくらだって誤魔化せる自信があるが、オーナー相手にミナトの口八丁は通じるわけがなかった。

笑って誤魔化せるかな、と下からオーナーの顔色を窺う。

だが、底冷えするような目をもろに見てしまった瞬間、正直に言って身が竦んだ。

(ひぇぇぇ…。目が、目が、なんか文句あるかって言ってるよぉ〜。こっ、怖《こえ》ぇぇぇ…)

太客の地雷を踏んだときより、よほど肝が冷えた。

いつもは、オーナーに叱られたってへらへらしていられるのだが、今日ばかりはヘラつく余裕がない。

ここに至って、ようやく気がついた。

ミナトがヘラつけるだけ程度の怒りに過ぎなかったことを。王嶋が全く全然これっぽっちも本気になったりしていなかったことを。

「ミナト…」

「はひっ」

返事が上擦る。

「最近、漣のところに顔を見せに来ないな」

ごく自然に漣と呼び捨てにしている王嶋の口調に怒りの要素は微塵も感じられない。

だが、ミナトには、その声音が底冷えしているのがわかる。

(温度が低いっつうか…。めちゃ怖いんすけどっ)

「やっ…、なんか、邪魔しても――」

歯切れ悪く口籠《くちご》もると、フンと鼻が鳴らされるのが聞こえた。

相手を小馬鹿にするときに、オーナーがよくやる癖である。

「おまえに、そんな気の使い方ができるとは知らなかったな」

言い捨てて、オーナーは店の奥にあるオフィスに入って行った。

(怖ぇぇぇぇぇぇ!)

声にならない声を胸中で爆発させながら、ミナトはその場に座り込んだ。

この世でただ一人、嫌われたくない相手は漣さんだったが、嫌われてはいけない相手というのも存在するのだとミナトは思い知る。

手料理よりも命が惜しい。

伊達《だて》や酔狂、語呂《ごろ》合わせで「帝王」の名がついたわけではないのだと、ミナトは今さらながら学習したのであった。


「内装工事が終わったからな、――――ちょっと見てみたくないか？」

昨年買い取ったラブホテルの改装がようやく終わり、オープン前に是非見せておきたいと、王嶋は漣を呼び出していた。

ホテル街として名高い歌舞伎町二丁目から、数メートル外れているせいか、はたまた外観が時代とズレ、鄙《ひな》びた雰囲気を隠せなくなってきたせいか、そのラブホは寂れ、ついに閉鎖に追い込まれたのを王嶋が安く買い叩いたのである。

プランナーと協議し、アジアンテイストを前面に打ち出したブティックホテルに改装することを決め、先日ようやく工事が終了したのだ。

オープンを前日に控え、まだ客を入れていないホテルを見せるついでに、デートと洒落《しゃれ》込んだつもりである。

互いに忙しいが、週末はほぼ必ずといっていいほど、漣の自宅で一緒に過ごしているし、企業経営者と顧問弁護士という関係柄、用事をこじつければ、顔を見るくらいならできなくはない。

弁護士とホストクラブ経営者では、そもそもの生活時間帯が違うから、単なる仕事上の打ち合わせであっても、互いの都合をすり合わせるのも一苦労であった。

だからか、ふと漣が欲しくてたまらなくなることがある。

あの肢体を抱き締め、手に馴染んだ肌を撫でながら、濃厚な愛撫を仕掛けて蕩けるほどの快楽に沈めてやりたくなるのだ。

そうなると、もう止まらなくなる。

どうやって呼び出そうか、時間をつくらせようか、そればかりを考えてしまう。

(何をやってるんだか…)

自嘲はする。だが、止めようとは思わない。

好きな女の子と接点を持とうと、帰り道で待ち伏せを算段するガキのようだ、とさえ思った。

いっそのこと、漣を自分だけの弁護士にしたいとすら思う。

仕事と私生活が混同しようが構わない。

二十四時間ずっと一緒に過ごして、一時《いっとき》たりとも手放したくはないのだ。

勿論、そんなことができるはずもなく、会いたければ、それなりの画策が必要になる。

（まぁ、そういうのも悪くないが…）

本来、策略を巡らすのは嫌いではない。

仕事が口実になるのなら、そうしよう。

顧問契約をしているのだから、新規事業には立ち会ってもらおう。

そう思案した王嶋は、依頼人の立場を利用し、下見と打ち合わせの名目で、大事な顧問弁護士を呼び出したのだった。

愛車ジャガーの助手席に漣を乗せ、表通りに面した駐車場口へ入る。

暮れかけた夕日に照らされた建物は、以前の姿をほとんどとどめておらず、王嶋はあらためて満足した。

当初は、西洋風の城をイメージしたらしい薄汚れた白壁の建物だったのが、外壁をダークカラーに塗り替え、飾りに使われていた青い瓦《かわら》を剝《は》がし、灌木《かんぼく》の植え込みを竹林に替えて板塀で囲むように造り替えている。

裏通りに面した玄関回りは棕櫚《しゅろ》で覆い、東南アジアっぽい石像を置くなどして雰囲気を統一させた。

資金を惜しまず改装したのが功をそうしたのか、オープン前から評判は上々らしく、既にメディアからいくつか取材が入っている。

そんなことも話しながら、駐車場にある従業員用入口の警備システムを解除してから、建物の中に入った。

「入口は、この地下駐と一階の二ヶ所で、受付機もそれぞれに設置してある。オンラインで繋がっているから、ダブったりもしない。警備とシステム管理は、そこの制御室で、専任の従業員が常駐してやる。この階は、あとはリネン室とストックルームくらいだな。ストックルームには、バイブやローションの他にもワインやシャンパンまでを、輸入物から国産まで各種とり揃えてある。ルームサービスで二十四時間対応可能だ。今日は従業員がいないから無理だが…」

王嶋の説明を、漣は感心したように聞いている。

「料金、結構高いですよね。大丈夫なんですか？」

「採算からいえば、もう少し下げることもできるんだが、雰囲気とレベルを保つためには多少高額設定の方がいいと思ってな。プランナーも同意見だった」

「ブランド化…ってやつですね」

頷く漣を、王嶋はエレベーターで最上階へ案内した。

改装で、最上階には二部屋しか造っていない。

どちらもスイート仕様である。

長い廊下の両端に、多様な植物の文様が彫り込まれた観音開きの扉があるのだが、向かって右側の部屋に入っていく。

招き入れられた漣は、驚きの目で中を見て回っている。

広い室内は、ラタン細工の家具で飾られ、ソファの他、ダイニングテーブルまで据えられており、東南アジアのリゾートホテルを彷彿とさせるつくりになっていた。

ガラスの仕切りの向こうには、円形の巨大なジャグジーと、ツーフェイスの洗面台が見える。

なにより漣が驚かされたのは、部屋の巨大な窓から新宿の街が一望できたことだった。

ようやく日が落ちたばかりだというのに、不夜城の名に相応《ふさわ》しい街は、既に無数のネオンを瞬かせている。

「強化ガラス製のマジックミラーになっている。外から中の様子は見えない。だから、窓際で立ったままのおまえを後ろから抱いても、いやらしく喘ぐ姿を誰にも見せずにすむ…」

そう言うと、王嶋は、背後から漣を抱きすくめた。

「ちょっと、あんたねぇっ。ここ、オープン前なんだろっ！　いいのかよっ」

初めて肌を合わせたあの日以来、漣は、ぞんざいな言い方をするようになった。

二人きりで、こんなじゃれあいをしているときに限って、だが。

「俺が最終チェックをすると言ってある。付き合えよ…」

そう言って、耳の下に鼻を埋め匂いを嗅ぐように息を吸い込むと、腕の中の漣が震えるのがわかった。

目の端で、部屋の中央にデンと置かれた、自慢のベッドを確かめる。

彫刻が施された重厚な四本柱のキングサイズで、薄いモスリンの天蓋《てんがい》で覆われており、まさしく王の寝所に相応しいものだ。

王嶋の指示が行き届いていれば、冷蔵庫ではドンペリが出番を待っているはずである。

汗をかいたあとの喉を潤すには相応しい。

眦を朱に染めた漣が体を返してきてキスが始まると、互いのタイの結び目を解き、着衣を脱がせるのに夢中になった。

ベッドの上で、貪《むさぼ》るように互いの体を味わい、一頻り汗をかいたあと、ジャグジーに移動して再び抱き合う。

温《ぬる》めの湯の中、後ろから抱えられるようにして王嶋に貫かれた漣は、泡が肌をくすぐっていくのすら愛撫されているかのごとく感じるようで、一際高い喘ぎ声を発しながら、身悶《みもだ》えていた。

「そういや、瀬谷さんのこと、聞いたか？」

ふと思い出して、ホストの大先輩の名前を出すと、腕の中の漣がひくっと背中を引き攣らせる。

「――聞きたくない…っ」

何が気に障るのか聞いたことはないが、漣にとって、瀬谷の名が鬼門らしいことは察しがついている。

拒否するような反応は想定内だから、構わず話を続けた。

「手術したそうだ。涼子さんの話じゃ、幸い経過も良好で、暇を持て余してるとか…」

「はっ、看護師に忠告してやった方がいいんじゃないの？　ジジィのセクハラに気をつけろって…。——あぁ…んっ」

「セクハラ…な。あの人ならやりかねないか。文句を言われたところで、上手く言い包《くる》めるだろうし」

瀬谷なら、美人看護師の尻を一撫で二撫でしたところで、しれっとしていることだろう。笑みと殺し文句の一つで、素人女を黙らせるくらいお手のもののはずだ。

「おまえも上手く言い包められたクチじゃないだろうな」

からかうように王嶋が言うと、漣はあからさまにムッとする。

「誰が、あんなクソジジィに…っ」

漣が文句を言いながら尖らせた唇を指先でゆるりと撫でてから、王嶋は耳を齧るようにして囁いた。

「そんな可愛い顔、他の男に見せるなよ？」

「…んなわけないって、——あっ、あっ、んぅ……っ」

耳から頬に唇を移し、男にしては滑らかな肌に軽く歯を立てる。

「見舞いに行っても、その調子で不機嫌そうにしてろ？　愛想を振りまいて、俺を妬かせたいなら、話は別だけどな」

腰を揺すりながら問うと、引き攣る喘ぎの下から、切れ切れの答えが返ってくる。

「あぁ……っ、俺っ…は行かないっ、出張で…っ、――――ん……ぁっ」

行きたくないがためにわざと予定を入れたのではないかと思ったものの、それは口には出さなかった。

むしろ、行かないと聞かされてホッとする。

漣が瀬谷を悪し様に罵《ののし》るのを聞いていると、昔何かあったのかと勘繰ってしまいそうだったのだ。

嫉妬を見せるのはやぶさかではないが、ほどほどにしておかないと効果も半減する。

自分で振っておきながら、これ以上、瀬谷の話をするのは止めにしたくて、代わりに別の名前を持ち出す。

「おまえが行かないとなったら、涼子さんが残念がるぞ…」

「もぉ、怒られた……っ、あぁ…ん――――っ」

王嶋の腰の上で足を開いていた漣が、我慢できないと自らも下肢を揺すり出し、チャプチャプと湯が音を立て出していた。

まさに波打ち際という風情で、揺れる湯面から見え隠れしている両の乳首は尖りきって、触ってもらえるのを待っている。

「あ――――…ん…っ」

小さな粒は敏感で、王嶋が指で摘んで軽く捻《ひね》ってやっただけで、連動したように後穴がキツイくらいに締まった。

漣の中は、ひどく気持ちがイイ。もう抜きたくないと思わせるくらいに、王嶋を夢中にさせてやまない。

抱いた女は――――数少ない男も含め、押し並《な》べて骨抜きにしてきた自分が、飲まれそうになっていることを、最初の夜から嫌というほど感じていた。

溺れかかっている、とも思う
それほど、イイ。

(惚れた相手を抱いているからか…)

そうだとしか思えない。

抱いているのは、男を初めて知った男の体だ。

抱いてみて、わかった。

漣は、王嶋に抱かれるまで男を知らなかったはずだ。

全くなんの経験もない、というわけではないかもしれない。

これだけの容姿だ。ない方がおかしいのかもしれない。

だが、尻を許したのは王嶋が初めてに違いなかった。

(ヤバイ…)

自分が初めての男だと思うと、王嶋は恐ろしいほどに昂った。

あまつさえ、キツイばかりだった肉襞がうねるように動き始め、持っていかれそうになるのを必死で堪える始末になる。

「あぁ…っ、はぁ…っ」

切れ切れの声を上げる様が可愛くてたまらない。

腰を揺するたびにつられたように蠢《うごめ》く背中が美味しそうで、歯を立ててみたくなる。

泣かせたい。だが、快感に溺れる様子も見てみたい。

啜り泣く様を眺めて、目元に滲んだ涙を舐め取ってやりたい。

こんなことを涼子に知られたら大変なことになるだろうな、などと思うが、危機感があるわけではない。

かつては随分と贔屓にして可愛がっていたらしい『司』に、こんな痴態を演じさせているなどと知られたら、涼子は何をしでかすだろう。

(引っ叩かれる程度じゃすまないだろうな…)

だが、それも楽しいかもしれない。

遊び慣れた年上の美女に嫉妬されるのも悪くはない。

彼女が執心している美貌の弁護士が、強すぎる快感のあまり、王嶋の肩口に深く残した爪痕《つめあと》を見せつけてやってもいい。

「もっ、早く……、――――のぼせる…っ」

貧血を起こしそうだと訴えられて、繋がったままの腰を支えながら上体を起こしてやった。

バスタブの縁に摑まらせて、腰を上げさせ、後ろから思うさま突き入れ、動かす。

「あ――――ぁぁ…っ！」

射精と同時にきつく食い締めてくる肉襞の奥に、王嶋も解き放つ。

体の奥が濡れていく感触に我慢できなかったらしく、ひくひくと腰を震わせている漣を抱き起こして、嫌がるのを承知で肉筒の中を洗ってやった。

イキすぎてぐったりしている漣は、弱々しい抵抗しかできず、それがまた可愛らしいのだが、口にするとあとで拗ねるだろうから、睦言《むつごと》を囁いてやりたいのをぐっと堪える。

抱き下ろしたベッドにくったりと横になっている漣に、口移しで飲ませてやったシャンパンは、いつになく甘く感じ、王嶋の口元をだらしなく緩めさせた。

「もっと…」

掠れた声で、ねだってきた漣は、片肘《かたひじ》をついて怠《だる》い体を起こし、もう片手を王嶋の首筋に巻きつけて、唇を舌先でちろりと舐めてきた。

「王嶋さん、来てくれたのね。よかった」

病院の玄関ホールで所在なげにしていた涼子は、王嶋の姿を見つけると飛んできた。

「忙しいみたいだったから、来られないんじゃないかと思ってたんだけど」

「瀬谷さんの見舞いのお供じゃ、調整しないわけにはいきませんよ」

王嶋は、そう言って苦笑した。

「お供は私の方だわよ。瀬谷さん、王嶋さんの顔が見たいって言ってたんだもの。――宝生先生は、来られないいって連絡があったわ。瀬谷さん、残念がるでしょうね」

「出張が入ったとか言ってましたから、仕方ないでしょう」

「まさか、王嶋さんの用事？」

「よしてください。俺は、そんなに扱《こ》き使ってませんよ。どっかの不動産屋にごねられて、神戸《こうべ》まで行く羽目になったとか。肉、食ってくるって嬉しそうに言ってましたけどね」

「まったく、あの子ったら…」

困ったように溜息をつく涼子にちらりと目をやりながら、王嶋は、これじゃあまるで母親か姉の態度だな、と呆れ半ばの溜息を押し隠す。

元々面倒見のいい女性ではあるが、漣に対する態度は、いくらお気に入りだったとはいえ、客と元ホストのそれを超えていると思うことがある。

「――ああ、あったわ。ここよ…」

涼子が特別室のドアをノックした。

（涼子さんにまで嫉妬か？　――俺も相当やられているな…）

苦笑を飲み込み、王嶋は、久しく顔を合わせていない、かつての雇用主に見せるべき表情を取り繕った。

「どうぞ」

「失礼します。――瀬谷さん、起きてていいの？」

先に入った涼子が咎《とが》めるような声を上げている。

「失敬だな。人を重病人扱いするのはやめてくれ」

「滅多に風邪もひかない人が入院なんかするから、心配するんでしょ」

文句を言っている涼子の後ろから、巨大な果物籠《かご》を持った王嶋が顔を覗かせた。

「よう、マサキ」

本名を源氏名として名乗っていたとはいえ、多分に源氏名の方の含みでそう呼んだのは、絶対にわざとだろう。

来いとベッドの上で手招いた瀬谷は、王嶋の記憶にある姿と、ほとんど変わりはない。

ロシア系のハーフかクォーターだと噂がたったこともある明るい色の髪と、薄い色の瞳は、四十代の男盛りになっても昔のままだ。

この年の男の割に手指が綺麗なのは、エステティシャンに定期的に手入れさせているからである。

ホストクラブを経営しているくせに、身につけるのはイタリアブランドではなく、イギリスの一流テーラーのスーツだけだと決めている洒落者で、今日も肩に羽織っているガウンは、バーバリーのもののようだ。

一見すると品のいい紳士だが、その目が只者《ただもの》ではないことを知らしめている。

ニヒルな皮肉屋。

それが瀬谷である。

案じていたような病やつれもなく、特段痩《や》せたようにも見えなかったから、それだけで、王嶋は少しだけホッとした。

「おまえ、歌舞伎町に新しいラブホ造ったんだって？　相変わらず、手広くやってるな」

「ブティックホテルです。そこらのラブホといっしょにしないでくださいよ」

王嶋が言えば、その手から果物籠を受けとって、甲斐甲斐しく棚に片付けていた涼子も加勢するように言い添える。

「そうよぉ～。すっごくイイ感じなんだから～。瀬谷さん、退院したら私と一緒に行きましょうよ～。スイートでねっ、ねっ」

最後の「ねっ」は王嶋に向かって、おねだりをしていたので、笑いながら快諾する。

「いいですよ。退院祝いにスイートをご用意しますよ。但《ただ》し、涼子さん以外の人とはお断りってことで」

「や〜ん、それいい！　そうして！　私限定でっ」

はしゃいで満足したのか、涼子は、花の水を取り替えてくると言って、サイドテーブルに置いてあった花瓶を抱える。

涼子が出て行くと、やおら、瀬谷が口を開いた。

「順調そうだな」

「ええ、お陰様で」

たいしたことはないと謙遜しようものなら、たとえ今際《いまわ》の際《きわ》だろうが、痛烈な嫌味が飛んでくることくらいは、王嶋も忘れていない。

「――昔、俺のところにいた仔猫を、構ってるって？」

「えっ…？」

なんのことを言われているのかわからず、思わず問い返すと、瀬谷が人の悪い笑みを口元に刷いた。

「司……、宝生漣を弁護士に雇ったそうじゃないか」

瀬谷の目が面白そうに笑っている。

涼子さんですね、と女性のお喋りに閉口するかのごとく、軽い溜息をついてから、王嶋は肯定した。

「顧問弁護士をお願いしています。さすがに優秀で、大助かりですよ。涼子さんの会社とも契約したとか…。ミストレルは、どうするんです？」

契約しないんですか？　と水を向けようとしたが、瀬谷の言葉に遮られる。

「俺は、弁護士なんぞいらないな。弁護士の衣を脱いだ美猫なら手元に置きたいが」

「――え……？」

不穏当な科白に王嶋が驚き、目を見開くと、瀬谷は、ベッドの上から威圧するような視線を浴びせてくる。

「アイツはイイよなぁ。綺麗で、意地っ張りで、思っているより情が深くて。見ていると可愛くてたまらなくなる。おまえもそうだろうが」

「……」

答えられずに黙っていると、ふっと瀬谷は鼻先で笑った。

「最初に…、というか、先に目をつけていたのは俺だぞ、マサキ。まさか、俺の懐から掠《かす》め取るような真似をする気じゃあないよなぁ？」

口調は軽くても、声音はぞっとするほど冷たかった。

こんな恫喝《どうかつ》するような物言いは、摑み所のないようなこの男がいつも放っている雰囲気からは、ほど遠い。

その分だけ、本気なのだと知れて、王嶋は、久しぶりに胆を冷やす。

まだ若僧だったころ、一度だけ見たことがある。

強面《こわもて》で知れる地元の顔役が完全に気迫負けしていた、瀬谷の放つ圧倒的な迫力と存在感。

己の進む道に立ち塞がる傷害物は徹底排除。

ヤクザや暴力団とも一線を画し、自分の領域を守るためなら、手段を厭わない。

極端にいえば、相手を陥れるためなら、刺されたところで死なない程度なら構わない、くらいは平気で言う。

しかも、有言実行なのだ。

ああいう男にならなければ、この先やっていけない。

独立してから困難にぶつかるたびに、王嶋はそう思って自分を叱咤《しった》してきた。

そんなことを思い、瀬谷を手本に、否、瀬谷以上にならなければと、走り続けてきた。

王嶋がヤクザだの暴力団だのの影響を極力受けないようにしてきたのも、瀬谷のやることを見てきたからだ。

ホストとして、経営者として、水商売の世界で生きていく上での指針とも思ってきた男が、こともあろうに漣を寄越せとのたまう。

「掠め取るって、なんですか。――――ネコは気紛れなんです。知っているでしょう?」

無駄だと思いつつも、精一杯の虚勢を張ってとぼけてみせた。

勿論、そんな程度で誤魔化されてくれる男ではない。

瀬谷は、ふてぶてしい笑みを口の端に乗せている。

「その気紛れなヤツを手懐《てなず》けたつもりなんだろうが、おまえは。どうだ、手から餌《えさ》を食ってくれるか？　おまえの膝の上で、可愛く鳴いてくれたか？　それとも、引っ掻かれて手傷を負わされたか？　しっぽで横っ面張られて軽くあしらわれてるんじゃないだろうな？」

「…っ」

見透かしたような科白に、王嶋は奥歯をぎりりと噛み締めた。

「落とすまでに、だいぶ手がかかったろう。違うか？　素直じゃないからな、アイツは。そこがまた、可愛くもあるんだが…」

漣の全てを知っているぞと言わんばかりの口ぶりに、王嶋は、数年ぶりにカッと頭に血を上らせていた。

煽られてどうすると理性が引き止めるのを無視して、口走る。

「瀬谷さん、今さらアンタがどう喚こうと、今の漣は俺のものです。手間隙かけた分、そう簡単に手放したりはできませんよ」

「フン、だろうな。――まぁ、せいぜい気張れや。アイツは妙なところに頑固で、時々扱いが厄介だぞ。うかうかしてると、手を噛まれて逃げられる羽目になる…」

並べた言葉自体は自嘲めいたものなのに、言っている瀬谷にそんな気配は微塵もない。むしろ、漣が逃げていくぞ、と揶揄されている気分になる。

歯噛みしたい気持ちを抑えながら、王嶋は言い返す他はなかった。

「噛まれた人間からのご忠告ですか？　ご心配なく、俺はそんなヘマはしませんよ。アンタとは違います」

「言うじゃねぇか」

瀬谷は、クックックと低い笑いを洩らした。

喉の奥から、せせら笑うような、不穏な響きが、王嶋の鼓膜を叩く。

「俺が噛まれてやったから、今、アイツはおまえの膝の上で可愛くしてるんだろうが、ん？　感謝しろよ、俺に。あのとき仏心を出してなきゃ、今頃は、俺の膝の上、だ」

「……っ」

さらに王嶋が口を開こうとしたとき、涼子が戻ってきた。

「あら、お話が弾んでるの？　やっぱり、昔懐かしい顔を見ると、気晴らしになるでしょ」

「そうだな。久しぶりだと、苛め甲斐がある…」

「いやぁね、瀬谷さんたら。天《あま》の邪鬼《じゃく》なんだから」

「今度は、アサヒやツルギを連れてこいよ。ガキがいるんなら、女房とガキ込みで。ヤツらの旧悪しこたまバラしてやる」

「もう〜、なに言ってるの。アサヒくんはお父さんの跡継ぐって、今は気仙沼《けせんぬま》で漁師やってるんだから、無理言わないの。ツルギくんは、池袋《いけぶくろ》で焼鳥屋やってるから、そうね、定休日なら大丈夫かも。連絡してみるわね」

涼子が楽しそうに話しているのも、怒りに似た嫉妬に支配されていた王嶋の耳には、ろくに入っていなかった。

翌日の夜、連絡もなしに訪ねてきた王嶋を、漣は驚きながらも、快く迎え入れてくれた。出張先から戻ってきたばかりらしく、まだシャツにネクタイを緩めたままの姿だったが、買い求めてきたらしい土産の包みを見せてくる。

「神戸で鉄板焼を食べた店で、ローストビーフ買ってきたんですよ。食べながら、一杯やりませんか？」

そんなことを言いながら、漣はキッチンに立ち、酒とつまみの用意をしようとしている。

その後ろ姿を見つめながら、王嶋は、病院から帰ってから、ずっと頭を占めていた考えを口に出さずにはいられなくなった。

薄切りにしたローストビーフを載せた皿と、フォーク、ワインとグラスで両手いっぱいにした漣は、王嶋が座っているソファの前のローテーブルに手際よく並べ、上機嫌で勧める。

床に敷いたラグの上に座り込んだ漣に倣《なら》うように王嶋が腰を落とすと、漣はワインを取り出した。

「このチリワイン、結構いけるんですよね」

栓を抜こうとしている漣の手からボトルを奪い、王嶋がオープナーを手にした。

手本のように綺麗にコルクを抜いたのに、テーブルの上のグラスに一向に注ごうとしない王嶋を不審に思った漣が声をかける。

「王嶋さん？　どうかしたんですか？」

「――――瀬谷さんに会ってきた」

途端に、ああと、どうでもいいことのように漣は肩を竦めた。

「そうですか。元気そうでした？」

心配しているのではなく、儀礼的に口に出したのがわかる言い方だ。

「おまえ…、出張を入れたの、わざとだろう。瀬谷さんに会いたくなかったんだな」

「勘弁してくださいよ。王嶋さんまで、恩知らずって説教する気ですか？」

笑いながら漣は言ったが、王嶋の表情が硬いままなのを見て取って、柳眉を寄せる。

常とは様子の違う王嶋から、不穏な雰囲気を感じていたのだ。

「瀬谷さんから――――おまえを返せと言われた」

途端に、ハッと漣が吐き捨てんばかりに鼻で笑い出す。

「あんた、それを信じたんですか？　あのオッサンの言うことを？　冗談だろ」

「信じるな、とでも？」

当たり前だ、と漣は憤っている様子を隠さない。

「あのオヤジは、昔っからそうなんですよ。口先ばっかりで。王嶋さんだって、同じ店にいたんなら知ってるでしょう。俺にとっちゃ、単なるセクハラジジィですよ」

「セクハラね…」

信じていなさそうな王嶋の口ぶりに、漣も腹が立ってきたようだった。

「バックヤードでケツ撫でられたり、シャツの隙間から指突っ込まれたりすりゃ、立派にセクハラでしょうが。俺が店にいた一年くらいの間、ずっとそんな感じだったし。人の顔見りゃ、『愛人になれ』だの『一生面倒見てやる』だの、ふざけたことばっか言いやがるし。俺は入店するときに、ちゃんと言ってるんですよ？　金貯めて、早く大学に戻りたいって。司法試験受けて弁護士になりたいんだって。そういう人間に言うことか？　アホかっつうの。根がふざけてんだよ、あのオッサンは！」

当時のことがドッと記憶に蘇ってきたのか、漣は怒りを再燃させてしまったらしく、口調がどんどん乱暴になる。

「二言目には『おまえはケツが青いガキだ』『世の中舐めてる』とか説教しやがって。同じ顔して今度は『囲ってやる』って、どういう言い草だっつうの。なに考えてるのかわかんないような、あんなオヤジの言ってること、いちいちマトモに受け取ってたら、やってらんないっつうの。あんたも、真に受けんなよっ」

漣は、語気荒く、珍しく本気でムッとしている。

その様子を見ていると、嘘ではないだろうとは思うのだが、如何せん、一度火がついた嫉妬の炎は簡単には消せなかった。

「それ以上、なにもなかったと？」

「あるわけないだろ！　あんたもしつこいな。大概にしないと、俺も怒るよ？」

否定しても信じようとしない王嶋の態度に腹を立てた漣は、とうとうキレたようだった。

が、瀬谷の病室を辞してから、王嶋の腹の中で渦巻き始めていたマグマは、とっくに火を噴いていたのである。

王嶋は、漣の肩を強い力で摑むと、その場にドサッと押し倒す。

「王嶋さ…」

乱暴にシャツを引き抜き、裾《すそ》から手を突っ込んで、素肌を撫で擦った。

「ちょっ…と、王嶋さんっ」

漣は、王嶋の性急な仕種を押し止めようとしていた。

が、鬼気迫るような双眸を目の当たりにしたせいか、早々に諦めたらしく抵抗するのを止めた。

多少痛い思いをしても、好きにさせた方が得策だと、本能が警告していたのだろう。

いつもなら、気恥ずかしくなるような睦言を繰り返し囁く王嶋だが、無言のまま体を弄《いじ》っていた。

唇を合わせたあとのキスは、噛みつくような激しさを持つ。

乱暴に漣のスラックスの前立てを寛げ、兆《きざ》してもいない股間のものを握り込んだ。

いきなり激しく扱かれて、感覚が追いついていかないのか、漣がもがく。

それが拒絶されたように思えてしまい、王嶋は、全身で押さえ込みにかかった。

「あ…っ、王嶋さん…っ」

落ち着いてくれというように、王嶋の胸に両手を当て、撫で上げるように肩口に滑らせてくるが、逸《はや》る気持ちを宥めるには至らない。

既に脱げかかっていたせいで漣の下肢に纏わりついていた着衣を、王嶋は手荒く取り去った。

剝《む》き出しになった股間に、王嶋は、躊躇いもせず顔を埋めた。

今までは大抵手でしてきていて、口淫《こういん》してやったことはなかったから、漣は相当慌てたようだった。

腰を捻って、逃れようとする。

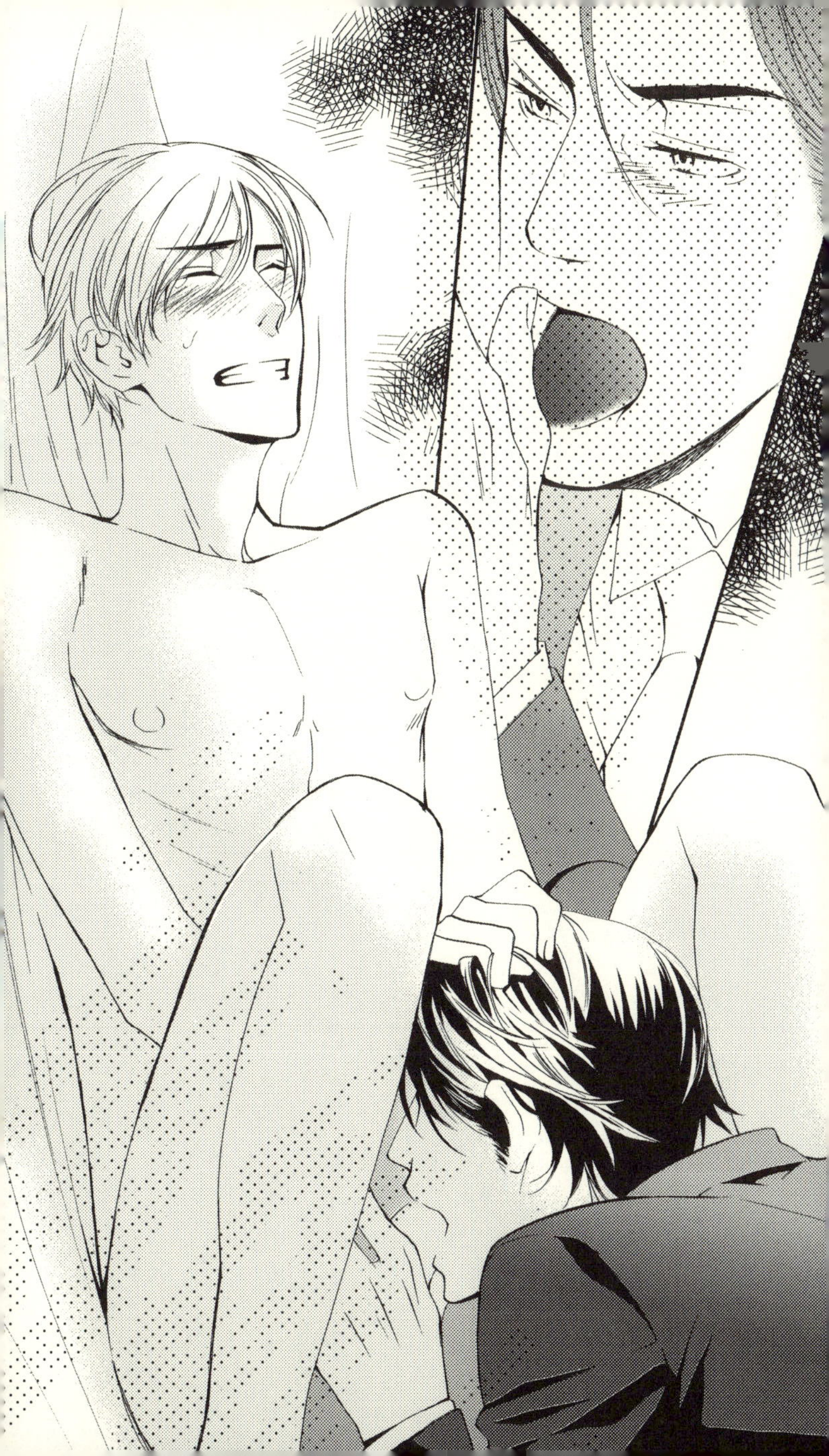

暴れる下肢を力ずくで押さえ込み、あとは舌技で大人しくさせた。

「あっ、あぁぁっ…」

熱い舌が這いまわり、しなる茎を追い立てる。

好き放題に舐《ねぶ》り回し、漣が勘弁してくれと泣きを入れてきたので、離してやった。

これで終わったわけではないと思い知らせるように膝ごと持ち上げ、さらに大きく足を開かせた。

今度は、曝された双丘の間の窄《すぼ》まりに舌を差し込んでやる。

「やっ、やめ…っ、あぁぁ…っ」

ラグの上を背中でずって逃げを打ったものの、すぐに腰ごと引き戻す。

逃げた罰として、より激しい愛撫を施してやった。

蕾を指で広げ、中まで舌を差し込んだ。

唾液《だえき》を注ぎ込みながら舐め回す。

味わったことがないのだろう。ぬるついた感触に、漣は必死で耐えている。

充分に湿らせてから、指を入れてやった。

付け根まで押し込み、節で粘膜の柔らかいところをぐりぐりと刺激する。

指で広げられている襞の隙間に唇を押し当てて、奥の方まで唾液を送り込んだ。

「あぁっ、あぁっ、あぁぁ…んっ」

急激に掻き立てられた快楽は、凄《すさ》まじかったようだ。

乱れきった様子の漣が、腰をひくつかせ、震わせている。

蕾が呼吸をするようにパクパクと口を開け始めると、王嶋は自らの前立てを寛げて、一気に押し入った。

「あ――――ぁっ…」

猛《たけ》っている剛直に敏感な粘膜を一気に擦り上げられては、その衝撃をやり過ごせなかったのだろう。

昂っていた漣の屹立《きつりつ》は爆《は》ぜて、滑らかな腹筋の上に粘つく蜜液を撒《ま》き散らした。

そんな漣の様子を眺めながらも、王嶋は、構わずにうねる襞の間を激しく突き上げた。

一呼吸おいてやった方が楽だとわかっているのに、王嶋は自分の衝動を止められなかった。

もっと犯して、体の芯からぐずぐずに溶かして、自分なしではいられないようつくり替えてやりたいとすら思う。

「ひ…ぁっ、あぁ――――ぁっ…」

喘ぎの中に、悲鳴のような声が混じる。

苦しいのか、盛んに首を振っている漣の喉笛に噛みつくように歯を立て、きつく吸い上げた。

「あ…はぁ……っ、――――んぅっ」

身動《みじろ》ぎすら許さないように抱き締め、激しく腰を使って攻め立てる。

「ひ…っ、ひ…ぅ……くぅ…っ」

切れ切れに、切なげな喘ぎ声が発せられる。

柳眉を寄せ、押し寄せる快感に耐える漣の頬に歯を立てると、眦に涙が溜まっているのを見つけた。

ふと、可哀想に、と思う。

俺のような男に惚れられて可哀想に、と。

受け入れられてはいるが、同じ温度の熱を返されているわけではないことくらい王嶋だとてわかっている。

だからこそ、瀬谷に煽られ、焦ったのだ。

こんなに強く抱き締めているのに、攫《さら》われてしまうのではないかという不安が、王嶋を駆り立てている。

瀬谷は仏心を出したと言っていた。逃がしてやったのだと暗に匂わせていた。

自分の方が寛容だと。漣を追い詰めたりはしないと。手綱をつけて好きにさせてやることができるのだと、笑ったのだ。

(くそ…っ)

王嶋にはできそうにない。

きっと、腕の中に閉じ込めてしまう。

少しでも手放したが最後、二度と戻ってこないような気がして、怖いのだ。

「は…っ、あぁ…んぅっ、ん――――ぅっ」

漣が背中を仰《の》け反らせる。

もう少しで、達してしまいそうなのだ。

繋がったところからは、いやらしい湿った音が徐々に大きく聞こえてきている。

王嶋が漏らし始めたものと、注ぎ込んだ唾液と、滴り落ちた漣の精液とが混ざり合って、卑猥に響いていた。

組み敷かれて蹂躙されるままになっていた漣が、耐えきれなくなって、王嶋の頬に唇を擦りつけてくる。

ほんの少しだけ抱き締めた腕を緩めると、間隙《かんげき》を縫うようにして漣の腕がしがみついてきた。

きつく抱き返される感触が、切なく王嶋の胸を掻き毟《むし》る。

食い締めてくる後穴の中の奥に放埒を叩きつけた。

直腸の奥を濡らされる初めての感触にぶるりと四肢を震わせた漣も、引きずられるようにして二度目の精を放つ。

余韻を貪るように蠢くことをやめない粘膜を執拗に掻き回していると、過ぎた快楽を受け止めかねた漣の腕が、ずるりと王嶋の背中を滑り落ちた。

そのまま、カクンと上体が落ちる。

慌てて受け止めた王嶋の腕の中で、漣は意識を失っていた。

「……っ」

ぐったりとした様子を見て、ようやく頭の芯が冷えてきた王嶋は、色を失った漣の四肢を掻き抱いた。

己の恋着を恐ろしく思うと同時に、完全に手中にできない虚しさに打ちのめされそうになる。

汗がひくにつれて冷えてきた漣の喉元に額を押し当て、込み上げようとしているものを懸命に抑え込んでいた。


泥のような眠りから目を覚ました王嶋は、起き上がると、隣に寝かせたはずの漣がいないことに気がついた。

「うそだろ…？」

昨夜、失神するまで責め立て、意識を戻したあとも朦朧《もうろう》としたままだった漣の体を拭いてやり、ベッドまで抱えていって、寝かしつけたことは鮮明に覚えている。

横で眠るだけでは飽き足らず、シーツに背中がついた途端眠り込んだ漣を抱え込むようにして、眠りについたのだ。

時計を見ると、昼を少し回っている。

性技と体力があり余っているかのような王嶋に怒りの向くまま責め立てられておきながら、漣が動くことができたことに驚きを禁じ得ない。

「気力に優る…ってことだろうな」

乱れた髪を指で梳《す》きながら、王嶋は苦笑を洩らした。

落ちていた服を身につけ、室内を見て回ったが、どこにも漣の姿はない。

「どこへ行ったんだ――――?」

漣を押し倒したのが王嶋の部屋なら、無体に怒って自宅へ帰ったのだろうと真っ先に思うのだが、生憎ここは漣の部屋である。

(仕事…じゃないよな。出張の翌日は休みを取ってるって言ってたはずだ。呼び出されたのなら、携帯の音で俺だって起きる。一体、どこへ行った――――?)

消去法で消して行く途中で思い出す。

一つ…、行きそうにないが、行くだろう場所。

「冗談じゃない」

王嶋は口の端をぎりりと噛み締め、上着を掴むと慌ただしく部屋を出た。

表通りに出ると、タクシーを捕まえる。

「山能生《さんのう》病院まで」

運転手に告げたのは、瀬谷が入院している病院の名だ。

絶対に瀬谷に会いに行ったのだという確信めいたものが王嶋にはある。

（たとえ腹いせだろうが、俺への嫌がらせだろうが、瀬谷さんにくれてやってたまるか！）

病室から引きずり出して、今度こそ腰が立たなくなるまで抱き潰してやる。

（俺が寝てる間に抜け出したりできないように、な…）

仄暗《ほのぐら》い思いが王嶋を満たし、着くまでの車中は、どうやって瀬谷から漣を引き剝がすかをひたすら考えていた。

「着きましたよ」

車を病院の玄関前に寄せた運転手に一万円札を差し出すと、釣りも受け取らずに開き始めた自動ドアに体を滑り込ませるようにして玄関をくぐる。

エレベーターの中で走り出してしまいそうなくらい苛々しながら病室へ急ぐ。

看護師の咎めるような眼差しを避けつつ、早歩きで廊下を歩き、瀬谷の病室まで来ると、中から声が聞こえてきて、王嶋は、ドアにかけていた手を咄嗟に引っ込めていた。

「アンタ、一体、どういうつもりなんだよっ！」

怒っているのは漣の声だ。

「あの人に、なに言ったんだっ」

漣の口から出た「あの人」に、王嶋はドキリとする。

瀬谷に煽られて嫉妬心を剝き出しにした王嶋の態度を腹に据えかねただろう漣が文句を言いに行くのではないかと思ってはいたが、いざ自分が渦中の人になると、心穏やかではいられない。

昨夜の今日だけに、割って入って行って漣の怒りに油を注ぐような真似をするのも躊躇われ、王嶋は病室の前で立ち尽くす羽目になる。

室内では、瀬谷が相変わらずの口調で、漣をカッカさせているようだった。

「たいしたことじゃない。おまえに先に目をつけていたのは俺だと言っただけだ」

「だけってなんだ、だけって！　それが問題だっつうのっ。こういうのは、早いもん勝ちじゃねぇんだよっ」

昨夜も少し片鱗が出ていたが、漣は興奮すると口が汚くなるらしい。

興奮すると、というより、瀬谷のことになると、かもしれない、と王嶋は思った。

昔の、ほんのガキだったころの勢いがそのまま出てしまうのだろう。

(もしかしたら、あれが本当の姿なのかもな。綺麗で口の悪い生意気なガキ…)

二十歳そこそこの漣に出会っていたら、自分も瀬谷と同じく、どうしようもなく惹かれてしまっていただろうことは、想像に難くない。

(今だって、——この俺が、この有様だし、な…)

王嶋は自嘲しながら、室内のやり取りに耳を傾けた。

幸い、看護師や医師、他の見舞い客などが、この辺りを通る気配はない。

「いいだろう、別に。言うのはタダだ。減るもんじゃなし」

「減らなきゃいいってもんじゃねぇんだよっ。余計なこと言って、あの人煽るのやめろっつうの！　迷惑なんだよ、クソジジィ」

「久しぶりに聞いたな、おまえの〝クソジジィ〟。いつ聞いても、痺れる」

「そんくらいで痺れてるんなら、いくらでも言ってやるから、いっそ感電でもしとけっつうの」

「おまえの罵詈雑言《ばりぞうごん》で感電死できるなら本望だな。――だから、俺のそばにいろ、司」

「司って言うな！　けったクソ悪い！」

漣は相当いきり立っているようだ。

そんな様子を眺めて楽しんででもいるのだろう。瀬谷の声は、あくまでもいつもどおりだ。からかうような皮肉な響きを含んで、態度同様に捕らえどころがないような雰囲気がある。

漣は「何を考えているのかわからないオッサン」だと評していたが、王嶋も昔から同じようなことを思っていた。

(腹の底を見せない人だからな…)

瀬谷の意図が読めなくて、地雷の在《あ》り処《か》もわからないからどこまで踏み込んでいいのかもわからない。

そのせいで苛々させられることがあったとしても、王嶋にとって瀬谷はあくまで目標にしているホストであり経営者であったので、漣のように食ってかかるようなことはなかったが。

瀬谷の声音は飄々《ひょうひょう》としている。態度も同じだろう。見えなくとも王嶋には手に取るようにわかる。漣に何を言われようがどこ吹く風といった態《てい》でいるはずだ。

目の前の巨大な壁に立ち塞がられているようで、若いころの王嶋は次第に虚しくなり、しまいには瀬谷の言うことを聞き流す術を身につけるようになったが、漣は違うようだ。

六本木辺りを仕切る顔役ですら、その顔色を窺うと言われる男を平気で罵倒《ばとう》している。

「いいだろうが。俺がつけてやったんだ。ありがたく思え。俺は滅多に源氏名をつけてやったりしないんだ。マサキだって、本名でいい、とか言いやがったしな」

「俺だって、本名でよかった！」

「そんなに気に入らなきゃ名前で呼んでやるから。ほら、漣。なっ、だから俺のものになれって」

まるで、利かん気の子供を宥めすかすような口ぶりだ。

それがますます漣を煽るのだろう。声のトーンがヒートアップしている。

「頼んでない！」

「俺が頼んでる。マサキとは別れろ。俺の方がイイ男だぞ。マサキよりセックスも上手いし、金もある。くだらねぇ嫉妬でおまえを煩わせたりもしないぞ？　アイツと違って、俺は大人の男だからな」

「自分で大人とか言うヤツにロクな人間はいないんだよっ」

「そのロクデナシを見捨てるのか、漣？」

「見捨てるって…、俺はそもそも――――」

漣の言いかけた言葉が、途切れた。

しばしの沈黙のあと、瀬谷のらしくないシリアスな響きを秘めた声が聞こえてくる。

「俺はもう長くない」

「――――また…、アンタ、なに言って」

過去に散々からかわれてきたせいか、漣はすぐに瀬谷の言葉を信じようとはしない。

「検査結果はとっくに出てる。医者は癌《がん》だって言いやがった。おまえはジジィだって言うが、俺はまだ四十半ばだぞ？　世間じゃまだまだ若い方だ。お陰で体力がある分、進行が早いんだってよ。のらくらしてるうちに、あっという間にあの世行きだ。だから、俺も考えた。生い先短い命なら、後悔は少ない方がいい。その昔、手に入れ損ねたものが欲しい、ってな」

「………」

立ち聞きしている王嶋は、心臓が止まりそうになるほど驚いていた。

漣は声も出ないらしい。

「どうせ助からないいんだったら切り刻まれるのはゴメンだって言ったら、ホスピスを紹介された。

いよいよってことになったら、そっちに移ろうとは思っているが、それまでは、好きなことをして過ごしたい。おまえと住めるように、伊豆《いず》に家も買った」

「――――伊豆ぅ？」

反応するのは場所《そこ》かよ、と王嶋は突っ込みを入れたくなった。

と同時に、漣の動揺が見えるようだとも思う。相当混乱しているのだろう。

漣の思考回路がもっと冷静に動いていたなら、きっと手術や他の治療法を考えるように勧めていたはずである。

「気候もいいし、温泉も出る。おまえ、温泉好きだろ？」

「まぁ、そこそこ…」

「と思って、温泉引いてある物件にしたぞ。庭に露天もある。どうだ？　俺の背中、流してやろうとか思うだろ？　好きなときに好きなだけ、温泉には入れるぞ？　こ煩《うるさ》いガキもいないし、こ汚ねぇジジィに邪魔もされない。俺としっぽり月見酒ってのはどうだ、ん？」

菓子で子供を釣るオヤジのようだが、瀬谷の心境はまさしくそれだろう。

「そんな情けない面すんなよ…」

呆れたような漣の声が聞こえてくる。

「ミストレルの瀬谷の名前が泣くよ？」

名が泣く、ような顔をしているのだろう。

想像もできないが、なんとなく、こんな感じなのではないだろうか、というのはあった。

寂しそうな、悲しそうな、孤独が漂う表情に薄く笑みを浮かべているに違いない。

「情けないような面にしてるのはおまえだぞ？」

瀬谷が疲れたような声を出す。

その声音すら、多分計算の内なのだ。

「温泉でその気になれないなら、いっそ海外にでも行くか？　客船でゆっくり回ればいい。あの手の船なら医者もいるだろうし、おまえものんびりできるだろう？　なぁ、漣…」

熱心に掻き口説く声には、真摯な響きすら帯びてきていた。

たとえ短い時間でも、漣を手中にできるのなら、ありとあらゆる手段を講じるという瀬谷の決意が伝わってくる。

（くっそ…、瀬谷さん、――――勘弁してくれよ）

同情はする。自分にできることなら何でもしようとも思う。

だが、漣は渡せない。それだけは、絶対に譲れない。

たとえ、瀬谷の命がある短い間だけであったとしても、手を離す気には決してなれないと王嶋は思う。

（嫌だと言え）

酷《ひど》いことを願っている、そう思いながら、王嶋は自分を偽ることはできなかった。

王嶋は偽善者ではない。むしろ、独善的な自己中心的な人間だという自覚がある。欲望に正直で、欲しいものは欲しいと言い、手に入れるために積極的になれるし、事と次第によっては手段を選ばないこともある。

(嫌だと言うんだ、――漣!)

どのくらい経ったのか、王嶋にはわからなくなっていた。

ほんの数秒が何十分にも感じられる。

「――そんなもんで俺の歓心を買おうって? それとも、同情とか、させたいわけ?」

しばしあと、漣が口を開いた。

「同情でもなんでもいいいな。おまえが俺のものになるんなら」

瀬谷の口ぶりから、先ほどの深刻さは薄れている。

「同情でおまえの気が引けるなら、いくらでも哀れっぽい病人になってやるさ」

「似合わないから、やめとけば? ――どうせ、無駄だし」

「無駄か?」

「無駄だね」

瀬谷の問いに、漣は静かに答えている。

「もし、拉致《らち》られてその伊豆の家に軟禁されたとしたって、俺はアンタのものにはならないよ。アンタのことだから、一度抱けば落ちるとでも思ってるんだろ? 確かに、前の俺ならヤバかったかもしれない。でも、もう無理だよ。一度でも惚れた相手と寝たら、他の人間とは寝られない。そう教えてくれたのはアンタだろ？　だから、ホストやってる間は誰にも本気になるなって、最初に、俺にそう言ったよな？」

「――――言ったな…」

瀬谷の声に微かな笑いが混じる。

「だから、おまえが店を辞めたあと、モノにしようと思ってたんだが、――――失敗したな。弁護士になりたいって言うのを叶《かな》えてやりたいなんて、らしくもない仏心出しちまったせいだな…」

そう言った瀬谷は、深い溜息をついた。

「まさか、マサキに持って行かれるとはな。――――腹いせに、アイツの店、潰してやるか…。歌舞伎町に空き店舗あるって涼子が言ってたっけか…」

「大人気《おとなげ》ないことやめろって」

呆れたような漣の声に、瀬谷の言葉が被さる。

「そんなに王嶋がいいか？」

「――――いいも、悪いも…」

漣が言葉を切ったあとで、微かな溜息が聞こえてくる。

「しようがないだろ。今となったら、あの人以外考えられないんだから。男相手に本気になったりするかって思ってたんだけど…、さっき、アンタに言われて一瞬だけ想像した。でも絶対に無理だって思った。あの人以外と寝たい、っていうか、他の誰かと寝る自分を、想像できないっていうか。……俺さぁ、結構、無茶されてると思うんだよね。昨夜だって散々だったんだぜ？　アンタ、わざとあの人のこと煽ったろ？　我ながら、今、よく立ってられると思うよ。けど、それだけされても、大概のことなら多分、――――許せる自信ある、かな。惚れた欲目って、こういうのいうのかもね…」

「俺の前でぬけぬけと惚気《のろけ》やがって。おまえってヤツは、情けの欠片《かけら》もないのか」

ぼやく瀬谷の言葉は、もう王嶋の耳には入ってこなかった。

瀬谷相手にでも、漣の気持ちが聞けただけで、全身が満たされていくように感じる。

「おい、マサキ、いるんだろ？」

「えぇ…っ!?」

見透かしたような瀬谷の声がして、漣が頓狂《とんきょう》な声を上げる。

不意に室内から呼びかけられて驚いたものの、王嶋は、躊躇《ちゅうちょ》することなくドアを開けた。

「王嶋さんっ、アンタ、いつから…!?」

漣が驚愕《きょうがく》の声を上げる。

「――――源氏名がどうとかいうあたりから、かな」

「それって、ほとんど最初っからじゃ…」

嘘だろ、と漣は呟き、瞬時に頬を朱に染めた。

自分が言い放った数々の言葉を思い出し、それを聞かれたことに居たたまれなさを感じている様子は存外に可愛らしく思われて、王嶋は微苦笑を禁じ得ない。

「なに笑ってんだよっ⁉」

逆切れしたかのように王嶋相手にまでいきり立つ漣は、毛を逆立てている猫のようで、瀬谷が以前に漣を形容した意味を、なるほど、と王嶋に会得させるに充分だった。

ベッドのそばまで行った王嶋は、怒らせている漣の肩を強く抱き締め、瀬谷に勝ち誇ったような表情を向ける。

「漣は俺のものです。前にも言ったでしょう。――――瀬谷さん、アンタ、往生際悪いですよ」

「なっ…！」

抗議の声を上げようとする漣の頭をがっちりと抱え、自分の肩口に強引に押しつけて、口を塞いでしまう。

その様子を見ていた瀬谷が呆れ返ったような声を出した。

「漣、おまえ、――――男の趣味悪いぞ」

「悪かったな！　放っとけっつうのっ」

瀬谷の方に身を乗り出して文句を言おうとする漣を、王嶋が腰から抱きとめて自分の方へと引き戻した。

開き直ったかのような漣の態度と王嶋の執心ぶりとを目の当たりにさせられた瀬谷は、さすがにゲンナリしたのか、とうとう、しっしっと手で追い払うような仕種をし始める。

「もう、いい。わかったから、帰れ、おまえら！　病人の前でイチャつきやがって、腹立つな！　血圧が上がって、医者に小言食らうのはゴメンなんでな、さっさと帰れ！」

帰らないとこれを投げるぞと、瀬谷が枕を手にするに及んで、漣と王嶋は、慌てて病室の外へと逃げ出したのだった。


病室を辞してからも、王嶋は上機嫌で、漣は、帰りのタクシーの中で鼻歌でも歌い出すんじゃないかと思ったほどだ。

そんな王嶋とは対照的に、漣は浮かれた気分にはなれず、部屋に戻った途端ドッと疲れが出てしまい、倒れ込むようにベッドに突っ伏す。

病室を出る寸前、ちらりと垣間《かいま》見た瀬谷の姿が脳裏を過《よ》ぎった。

受け入れられないと拒んだことに後悔はない。

だが、それでも、命の蠟燭《ろうそく》が燃え尽きようとしている人間を拒んだことは、決して後味がいいものではなかった。

他の言い様があったかもしれないと思う。そうさせなかったのが瀬谷だとはわかっていたけれど、苦い思いは多少なりともある。

「後悔してるんじゃないだろうな」

ベッドの上で四肢を伸ばしている漣の脇に腰を下ろした王嶋が話しかけてきた。

なんでもなさそうな…、というよりいつも以上に不遜な態度を見せている王嶋だが、瀬谷のことを聞いて、ショックを受けていないはずがない。

「後悔って…?」

白々しいとは思いながら、はぐらかすような返事を返す。

「他の男にくれてやるつもりはないからな」

平然と言ってのけているが、これはもう、所有宣言である。

(本当に、この人は…)

呆れる反面、くすぐったいような嬉しさがあることを、漣は既に自覚していた。

自分だけに向けられる熱情を感じるたび、異様な高揚感を味わうのである。

疲れていて体中が重たいのに、もう一暴れしたいような気分にさせられてしまう。

「案外、嫉妬深いんだ?」

からかうような言葉尻に、王嶋が引きずられる様子はない。それどころか、にやっとなにかを企むような笑みすら浮べている。

「否定はしないな。おまえ、俺に無茶されても許せるんだろう？　だったら、期待に応えて、嫉妬深くて狭量な男になるのも悪くない――」

「……！」

感情に任せるまま、瀬谷の前で本音を吐露してしまったことが、今さらながら悔やまれる。

「俺以外とはセックスできない体になったんだよな？」

「アンタなぁ…！」

いい加減にしろと睨みつけた視線は、いくらももたなかった。

嬉しげで、かつ楽しくてたまらないと語っている王嶋の双眸をまともに見てしまい、戦意が喪失してしまう。

ベッドに乗り上がり、上から見下ろすような姿勢になった王嶋は、何度も見たことがある舌なめずりをする肉食獣のような表情をしていた。

「安心しろ…。他のヤツとはやれないくらい、可愛がってやる…」

「ちょっ…と！」

引き出されたシャツの裾から、王嶋の手が入りこんできて、昨夜も散々嬲《なぶ》られた乳首を悪戯し始めた。

「昨夜、散々やっといて…！」

まだ足りないのかと無言で責めれば、足りないと耳元に囁きが落ちてくる。

「昨夜は悪かった…」

ひっそりとでも、謝られて漣は驚いた。

「埋め合わせをさせてくれ…」

耳朶を噛まれるようにして言われた科白には懇願の響きが含まれていて、嫌だとは言えなくなる。

「アンタって、ホント――」

ズルイ、と呟いた漣は、腕を王嶋の首に回し、ゆっくりと引き寄せた。

視線が絡み、引き合うようにして唇を合わせる。

互いに舌先を舐め合いながら、身につけているものを脱がし合う。

漣の指先が王嶋のシャツのボタンを外しにかかると、貪るような口付けが一層深くなった。

王嶋の衝動の赴くままに、あれほど蹂躙されたあとだというのに、餓えているとしか言いようのない感覚が、漣の中にもある。

気が急いて、仕方がない。

ボタンを外すのがもどかしい。

早く王嶋の素肌に触れたい。

そんな衝動に突き上げられて、漣は王嶋のシャツのボタンを引き千切ってしまう。

「そんなに欲しいか…？」

揶揄するような言葉を投げかける表情は、科白に反してひどく真剣だった。

「俺が欲しいだろう？」

今度は、王嶋が漣のシャツを引き裂きながら囁く。

「俺に惚れたんだろう？」

言え、とばかりに肩口に歯を立てられる。

「は…ぁ…」

肯定の代わりに唇から洩れたのは、自分でも驚くような甘ったるい溜息だった。

だが、漣は、もうそれを隠すことはしたくないと思う。

王嶋とのセックスで乱れるのは、単にテクニックのせいばかりではない。

思い、思われる相手と睦み合うからなのだと、教えてもいい。

傲岸《ごうがん》不遜な男がますます自信を強大化するだろうことはわかりきっていたけれど、そうでなければ王嶋ではない、と漣は思った。

(王様は、偉そうにしていればいい…)

だから、囁いた。

「俺にこんなことをしていいのは、――あんただけだ」

言いながら、上体を起こして、身を屈《かが》める。

王嶋のズボンの前立てを開けると、既に兆しているものを摑み出して顔を伏せた。

「――おい…？」

予想もしていなかっただろう漣からのアプローチに、王嶋が少しばかりうろたえた様子を見せたので、おかしくなったが、笑いは口元に少し刷いただけにしておく。

「こんなことをしてやるのも、あんただからだよ…」

言うが早いが、口を開けて王嶋を迎え入れた。

キスをするように先端に唇を押し当てて、小さく啄《ついば》む。

何度かそうしてチュッチュッと吸っていると、ぬるついたものが滲み出てきた。

硬度も増してくる。

片手でゆっくりと扱きながら、もう片方の手で宝珠を包み込んだ。

先端の窪《くぼ》みに舌を潜り込ませて刺激を施すと、頭上から微かな吐息が洩れ聞こえてくる。

(結構、色っぽいな…。――悪くないかも)

翻弄《ほんろう》されることが多いから、手管に優る王嶋を感じさせているのだと思うと、主導権を握っているようで楽しい。

「ん……、ぐっ」

喉の奥まで飲み込み、上顎を使って先端を刺激する。

歯を立てないように気をつけながら、唇を閉じて肉塊を啜り上げた。

「ぅう……っ」

頭上で息を詰める気配がする。

王嶋の欲望を舐め回しているうちに、それは唾液と先走りの蜜液とでベッタリと濡れそぼっていた。

閉めることができない唇の端から、飲み込めない唾液が行儀の悪い子供のように滴り落ちていく。

ぬらぬらする肉塊を手の平を使って扱き上げながら、漣はもう少し頭を下ろして、張り詰めている宝玉まで頬張った。

「おい……っ！」

ここまで濃厚な口淫をされると思っていなかったらしい王嶋が、本気で驚いている。

無意識にか、引いてしまった腰を漣は両手で引き戻した。

そのまま、王嶋の腰に手を回し、尻を抱えるようにして楔を咥え込む。

「ぅ…っ、漣……っ」

名前を呼ばれて見上げれば、頬を上気させ、いつもは鋭い双眸を潤ませている王嶋と目が合った。

途端に、口内の肉塊がどくんと脈打ち、一回り大きさを増す。

己の肉棒を咥えたまま見上げてくる漣の肢体の淫らさに煽られたのだ。

「もういい、――――離せ…」

荒い息を吐きながら、王嶋が漣の頬に手をかける。

聞こえない振りで、じゅぶじゅぶと、わざと濡れた音を立てながら、顔を前後に動かした。

王嶋の手が漣の耳をきゅっと引っ張る。

「――――これ以上、悪戯するなよ…」

出ちまう、という声が聞こえて白旗を認めた漣は、ようやく口を離した。

口元を手の甲で拭いながら、肩で大きく息を吐く。

他人の性器を見比べる機会などありはしないが、それでも人並み以上の質量を誇るだろう王嶋のものを咥えていたのだから、苦しいし、顎も疲れてしまっている。

王嶋の顔が近付いてきて、唇の端の唾液の痕を舐め上げた。

そのまま互いの口内を舐め合いながら、寝乱れたままだったシーツの上に倒れ込む。

「んっ…」

漣の着衣を本格的に剝ぎ取ろうとする王嶋の手に協力しながら、ズボンと下着を蹴《け》り落とすようにして脱ぎ捨てた。

抗《あらが》う間すら与えずに、漣の足を大きく開かせた王嶋が股間に顔を伏せてくる。

今度は漣が翻弄される番だ。

王嶋を愛撫している間にすっかり勃《た》ち上がっていたものに舌が絡まる。

浮き出た筋を辿るように舌先で舐め上げられた。

熱い口内に導き入れられると、痛いくらいに吸い上げられる。

「あぁ…っ、だめ…だって、そんなにしないで…っ」

いきなり与えられた刺激に感覚がついていかず、もっと緩めてくれと懇願するが聞き入れられない。

口全体を使って何度も扱き立てられる。

昨夜、散々広げられた襞まで唾液が滴り落ちるようになると、指先が意地悪を始めた。

すっかり過敏になった柔らかい襞を引っ掻くように刺激してくる。

「あっ、あ…っ」

もどかしい感覚を、漣は頭を振ってやり過ごそうとした。

指先が入りこんでくる。

後孔を弄る手はそのままに、一度体を起こした王嶋がサイドテーブルの引き出しからジェルのチューブを取り出した。

以前はなかったものだが、王嶋が持ちこんでから常備されるようになったものだ。

透明でどろりとしたものが、王嶋の指伝いに内部へ浸透していく。

唾液より数倍滑りの強い液体を塗り込められ、昨夜の名残も醒めやらない入口は簡単に綻び、口を開こうとしていた。

肉壁が待ちかねたように長くて節ばった指を飲み込んでいく。

曲げた指の関節で、熱を持っている襞の中をぐりぐりと捏ねられると、感じすぎてしまって涙が出てきた。

「いい…っ、それっ、いいっ、あ…ぁんっ」

奥まで指を突き入れた王嶋が、いきり立ったものから唇を離し、身を乗り上げてくる。

刺激に弱い肉棒を手の平に包み込んでやわやわと撫でながら、今度は乳首を食まれた。

きつく吸い上げられ、歯できりきりと捏ね回される。

そのたびに、漣はびくびくと丘に上がった魚のように上体を跳ねさせた。

後孔と勃起《ぼっき》したものとを同時に愛撫されながら、耳元に落とされた囁きに身を震わせる。

「何本咥え込んでいるか、わかるか？」

「わか……んないっ、……あぁ――…っ、待って、そんなに…っ、あぁ…っ」

王嶋が激しく指を抜き差しした。

「わかったか？　――三本入ってる。柔らかくなってるくせに、時々締めつけてきて、痛いくらいだ…」

「――は…ぁ……っ」

ゆっくりと馴染ませるように動かされて、思わず溜息がこぼれる。

勃ち上がったものを扱く手が、上から下へと何度も緩く往復した。

「いいか…、漣————？」

吐息なのか返事なのか、自分でも判別のつかない声が出る。

「うん…っ」

「————入れてもいいか…？」

くちゃくちゃと指を抜き差しされている粘膜は、熱が籠って、掻き出してくれる楔を待ち望んでいた。

「いい…っ、入れていいからっ…」

手を下ろし、指が入っているところに添える。

王嶋の指に絡めるようにして、早く来てほしいと誘った。

途端に強暴な獣の本性を双眸に蘇らせた男が、漣の両足首を摑んで大きく開かせる。

腰を打ちつけてきたのは一度。

それだけで、綻んでいた入口は凶器の先端を難なく飲み込んだ。

「あぁ…っ」

入口の粘膜を、張り出した先端でぬぷぬぷと引っ掻けるだけで、奥へ入ってこようとしない。

「なんで…っ」

疼く肉壁を剛直で擦られたいと目で訴える漣に向かって、王嶋は舌なめずりをした。

「ゆっくり…な」

「ん…っ」

「ちゃんと感じろ」

「―――ぁ…んっ」

「味わって…、覚えるんだ」

耳朶を嚙まれながら、そんなことを言われ、漣は淫靡《いんび》な気持ちをますます高まらせる。

言葉通り、王嶋がゆっくりと侵入してきた。

敏感な肉襞を搔き分けて進んでくるのが、リアルに感じられる。

王嶋の熱さや、太さ、先端の括《くび》れまでもが、如実にわかってしまう。

「う…そっ」

なんなんだ、コレ、と戦慄《わなな》いた唇を吸われた。

「わかるのか…」

「わかる…っ、コレ、ヤバイって…」

「感じすぎて？」

からかう言葉に言い返すだけの余裕はなくなっていた。

少しずつ埋め込まれていくたびに、内部の襞のうねりが大きくなっていくのまでわかる。

「あ…っ、あぁ―――…」

絶え入りそうな吐息をついた漣は、無意識のうちに足を大きく開いていた。

広げきった足をシーツの上に突っ張り、背筋がぞくぞくする感覚と必死に闘う。

ようやく最奥《さいおう》まで収められたとき、強さを増していく快感に押し流されて、上半身を軽く痙攣《けいれん》させていた。

王嶋が、漣の手を取って、繋がって入る部分に導く。

指先に王嶋の下生えが感じられる。

根元まで入っているのだと教えられて、漣は余計に体を熱くした。

頭上で、王嶋が熱い吐息を吐く。

「そんなにしゃぶるな…。おまえを泣かせる前に、持っていかれちまう」

「しゃぶるって…」

卑猥な表現に絶句していると、王嶋はニヤリと笑って、その通りだろうがと嘯いた。

「俺の形までわかるんだろ？　だったら、自分のココがどうなってるのかも、わかるだろうが」

「わかる…っけど……っ」

そんなこと口に出すな、と睨んでも、房事で数段上手の男は楽しそうにするばかりだ。

「こんなにやらしくして、な…」

「あんたが、こんなにしたんだろうが…っ」

どうしてくれるんだと、漣は眉根を寄せる。

「責任取らせるぞっ」

「喜んで…」

ひどく満足気な笑みを浮かべた顔を見た途端、誘導尋問だったのかと悟った。

弁護士の自分に対して、いい度胸をしていると思う。

それでも、腹が立つどころではなかった。

震えがくるほど、嬉しい…。

瞬間、痛みを堪えるような表情になった王嶋が言った。

「そんなに嬉しいか」

「何、言って…っ」

「おまえのココは、口より、顔よりずっと正直で雄弁だな。――――食い千切られそうだ」

「あんたねぇっ！――――やっ…、ぁあ……んっ」

卑猥なことをほざくのもいい加減にしろと言ってやろうとした途端、王嶋が腰を使い出す。

開いた足の膝裏を両手で押され、腰が浮き上がってしまう。

そのまま緩慢な抜き差しが始まって、たちまち漣は抗議の言葉を忘れた。

押し込まれるたびに、じゅぷじゅぷと湿ったいやらしい音がする。

内部を掻き回している楔の先端がぬるついている感じがするから、ジェルより、王嶋が零《こぼ》している蜜液のせいだろう。

避妊具をつけずに体を繋げたことは何度かあったが、こんなに内部を濡らされたことはなかった。

王嶋が感じているのが、嬉しい。

食い千切られそうだと揶揄したときに王嶋が顰《しか》めていた表情は、確かに痛みを訴えているものだった。

だから、あまり食い締めてはいけないと思いはするものの、上手く体の力が逃がせない。

感じるままに、締め上げてしまいたい衝動を必死に堪えた。

「あ――――ぁ…っ」

擦られている粘膜が、熱い。

王嶋の手に片足を持ち上げられ、突かれる角度を変えられる。

「やっ…、あぁ…ぁっ」

そのまま浅い部分での抽挿を続けられながら、ゆっくりと体を返された。

膝立ちの後背位で、王嶋を受け入れる。

突き入れられる感覚が凄《すご》くて、漣は、がくりと肘を折った。

それだけは正しい位置にあった枕に額を押しつけ、ひっきりなしに喘ぐ。

「あ…んっ、あっ、あっ、あ――――…」

汗の冷えてきた背中に熱い体温が重なった。

ぴたりと引き締まった胸筋を押しつけるようにして体を倒してきた王嶋が、耳元で囁く。

「本当は、イクときの顔、見たいんだけどな…」

「ふっ…ぅ、う…くぅ……っ、――何、言って……、あぁ…ぁんっ」

「こっちが、そろそろ限界だ――」

激しい律動のせいでくずおれそうな腰を支えるように、王嶋の手が回ってくる。

左手で腰を掴み、右手は濡れそぼったまま放っておかれた屹立を掴んできた。

「あっ、あっ、だめっ、だめだって…、そこ触ったら、イクっ、イっちゃうから…っ」

離してくれと哀願したが、許されるはずがない。

王嶋の手が弾けそうな果実を搾りたてようとする。

「あぁ――……」

追い詰められていた体は、あっという間に逐情してしまった。

「う…――っ」

思いきり食い締めてしまった漣の肉襞の奥で、王嶋が射精する。

初めて注ぎ込まれる熱い蜜を、腰を揺らしながら貪り食らう。

「は…ぁ――…」

体の奥で、王嶋の欲望が震えているのを感じる。

震えるたびに熱いものを注ぎ込まれるのも。

楔が引き抜かれると、漣は、自分が濡らしたシーツの上に腹這いに突っ伏していた。

荒い息が収まらない。

霞む目で王嶋を探すと、背後から隣に回ってくる。

横になったかと思うと、抱き締められた。

力の入らない足を割られ、絡めとられる。

「ん…っ」

目が合うよりも先に、唇が触れ合った。

心地よい疲労感を宥めるような優しいキスになる。

「わかっているだろうが…」

と唇が離れると、王嶋が言い出した。

「俺以外の人間とは寝るなよ？　男でも、女でも、ガキだろうがジジババだろうが、一切ダメだ。いいな？」

「…って、アンタねぇ。さっきの、――――瀬谷さんの病室で、聞いてたんだろ？」

「おまえの決意のほどは聞かせてもらったから、今度は俺のだ」

「今のって、決意じゃないだろ」

漣が片方の眉を吊り上げると、王嶋は、にやっとした。

「決意だろ？　俺以外がおまえに触ることは許さないっていう、俺の宣誓だ」

「何が宣誓だよ」

行儀悪く鼻を鳴らして、漣は言った。

「大体、そっち関係がヤバイのは俺じゃなくてアンタだろ。俺は折り目正しく品行方正な弁護士だけど、アンタはホストだろうが」

「元、ホストだ」

王嶋は即座に訂正する。

「色恋を商売にするのからはとっくに足を洗ってるさ。惚れた相手と寝たら最後、って、俺も瀬谷さんにくどいくらい言われてたからな。もっとも、おまえを抱くまでは、実感したことはなかったが」

「ホントかよ…」

疑わしいという視線を送ると、王嶋の指先に顎を捕らえられた。

「もう一回、証明してやろうか？」

言うなり、漣の体を自分の上に引き上げ、下から抱きすくめるようにする。

「もう、いいって！」

さすがに身がもたないと言うと、意図を持って双丘に向かっていた手が止まった。

「まぁ、共同責任だからな」

「はぁ…？」

先ほど、情事の合間の睦言とはいえ、喜んで責任を取ると言ったのではなかったか？

なんのことだと、怪訝《けげん》そうにしていると、王嶋はほんの少しだけ口元に笑みを刷いた。

その、いかにも悪い男でございい、という表情に漣は、嫌な予感がする。

「俺は、おまえを淫乱《いんらん》にした責任を取る。おまえは、俺をたらし込んだ責任を取れ」

「たらし込んでなんかいないだろっ。どっちかっていうと、アンタの方だろっ。散々口説いて、押し倒しておいて、タラシこんだって…っ」

もっと文句を言ってやろうと思ったのだが、王嶋の手が双丘を撫でてきたせいで、途中で止まってしまった。

「なら、教えてやる」

「やっだ……って」

まだ入口が濡れたままの蕾に指先が入ってくる。

「俺が、どれだけおまえに骨抜きにされているか、体で思い知ってもらおうか…」

「ちょっ…、――うんっ…、んっ…、んっ…」

漣を体に乗せたまま、王嶋は襞を悪戯し始めた。

胸が重なるように抱き寄せ、王嶋の腰を跨《また》ぐようにして足を開かされる。

逃げられないように両手で尻たぶを開かれ、曝された秘孔を両方の中指が翻弄していく。

内部は柔らかく綻んだままで、王嶋が放ったもので潤いが足された分、滑りが強くなっている。

王嶋がコトを進めるのを止められないと悟った漣は、抵抗するのを諦めた。

それよりも、奔放に振る舞ってしまった方が、自分も王嶋も楽しめるはずだ。

（ホント…、俺って、淫乱になったもんだよ…）

そんな微苦笑は王嶋への口付けで消してしまう。

唇を舐めながら、後孔への刺激につれて兆してきたものを王嶋のそれに擦りつける。

ちゅっちゅっと舌と唇とを舐め合うキスを繰り返しながら、下腹部を擦りつけ合う。

王嶋のものが硬度を持ってきたのはすぐだった。

勃ち上がろうとする肉塊を、漣は執拗に下腹で押しつける。

仕返しのように、蕾に入りこんでいる指が激しく動かされた。

「あぁ……っ！」

思わず跳ね上げてしまった腰の隙間を狙って、王嶋の怒張が蕾にあてがわれる。

指が抜かれてしまい、襞は物足りないと収縮を繰り返す。

両手で割り開かれ、外気に曝された窄まりに勃ち上がったものの先端が、ぐりぐりと押しつけられた。

早く咥え込みたくて、口を開けて飲み込もうとする己の蕾を持て余し、漣は王嶋の胸に取り縋る。

顎や頬骨に口付けを繰り返し、早く入れてくれとねだった。

「欲し……ぃ、――早く…っ」

王嶋に貫かれるたびに与えられてきた悦楽の激しさを学習している肉襞は、早く気持ちよくしてほしいとうねり始めている。

「膝を立てて、もう少し腰を上げろ…」

「う…んっ」

戦慄く膝を引き寄せ、腰を少しだけ高く上げると、王嶋の腰が動いて、先端が潜り込んできた。

「あん…っ」

喉元に額を押し当て、喘ぐと、褒美のように王嶋の手が四肢を撫でてくる。

胸の尖りに指先が引っかかると、そこばかりを攻められた。

だが、腰は一向に進んでこない。

焦《じ》れた漣は、体を起こして、王嶋の上に腰を下ろそうとした。

自重で少しずつ飲み込んでいく感覚がたまらない。

胸を弄り続けている王嶋の手が、脇の下に入って漣を支えてくれる。

両足を大きく開いて男に跨がり、勃ち上がった股間を隠しもせず、怒張を受け入れる姿は、あまりにも淫奔《いんぽん》だった。

煽られた王嶋が、楔をさらに大きくする。

「あぁ…んっ」

漣は、太さを増す剛直を、体を揺らしながら、貪欲に飲み込もうとしていた。

ようやく全てを収め、腰を下ろしたものの、それが限界だった。

好きなだけ襞を擦って快楽を貪ろうにも、下肢が震えて動けなくなる。

「本当に……、おまえは可愛いよ、漣…」

涙目になっていると、王嶋にうっとりと囁かれて、逆切れしそうになった。

「可愛くなくていいっ！　なんでもいいから、コレ、なんとかしてくれってのっ！」

「そういうところが、可愛いっていうんだ」

悪びれない男は、漣の手を取って引き寄せると、再び胸に抱え込んだ。

その姿勢のまま、下から激しく腰を突き上げてくる。

「あぁ――――ぁ…」

王嶋の胸の上で、漣が仰け反る。

下から突き上げられるだけではなく、摑まえられた腰を揺さぶられ、二重の律動を与えられた。

「ひ…ぃっ！」

内部の一際過敏なところを、剛直の切っ先が掠めていく。

「ここか…？」

見つけた、とばかりに集中的に攻めてくる王嶋に、漣がしがみついた。

「だめっ…、そこ…っ、あぁっ、あぁぁ…んっ、あ――――っ」

「ここがいいんだろう？　――――ん？」

優しく促されて、こくこくと頷く。

「いいっ、そこ、いいっ…」

先ほど王嶋が奥に放ったもののせいか、二度目だから力が入らなくなっているからか、漣の襞が楔を食む力は弱まっている。

だが、その分、うねり、しゃぶるような動きに転化されていた。

ずるずると擦り上げられて、あまりの気持ちよさにしゃくりあげながら泣き出してしまう。

「ひぃ……っ、ふぅ…んっ、んっ、んぅ――――ぅっ…、もぉ、だめっ、だめだから…ぁ」

肩に両手をかけてしがみつきながら、打ちつけられる激しさのまま、漣は腰を揺らした。

胸元に漣を抱え込んでいた王嶋が、そのまま体を入れ替える。

シーツに押しつけられ、膝裏に手がかかって大きく脚を開かされた。

「あぁっ…、あぁ…んっ、あぁぁっ…」

王嶋が、これ以上はないというくらい奥へと入り込んでくる。

「あっ、あっ、深い…っ」

呻き声は唇に吸い取られてしまう。

涙と、快楽による潤みで霞んでいた目を見開くと、王嶋に感じている顔を眺められているのに気づいた。

「なっ…」

さすがに恥ずかしくなって、顔を背けようとすると、頬を取られて目を合わされる。

懐くような仕種で、頬や額が擦り合わされた。

優しい気配に感情が昂った漣は、王嶋の首に腕を回して顔中に唇を押し当てる。

「漣……っ」

掻き抱かれて、背筋がぞくりとする。

激しい勢いで王嶋が腰を打ちつけてきて、漣はもう駄目だと悲鳴を上げた。

「あっ…、あっ…、もっ、無理っ、いく…ぅっ」

「漣っ」

「あぁ…――っ!!」

「…――っう」

ほとんど同時に達する。

先ほどよりも放埓は長く、溢《あふ》れてしまうと思うくらいに注ぎ込まれた。

蕾の奥が熱いもので満たされていく。

王嶋が肩口で荒い吐息を吐いていた。

絶え入るような色気のあるそれを耳にしたとき、漣は本当に満足したのだった。

「珍しいな…」

勝手知ったる漣がオフィスに上がって行くと、王嶋は手にしていた書類を机に放り出して、出迎えた。

目の前まで寄ると、待ちかねていたように夜気に冷えた肢体を抱き締めてくる。

「今日はそういう用じゃないんだけど…」

漣は苦笑しながらも、王嶋の背中に腕を回し、耳の下辺りに鼻を押しつけた。

触れようとした唇を二本の指でそっと押さえ、真面目な話だから、と淫らなコミュニケーションを取りたがる男を制する。

不審そうな顔の王嶋に、手にしていた封筒を手渡した。

「瀬谷さんの遺言です。ミストレルはあなたに譲る、と…」

「俺に？　――――おまえじゃなくて？」

予想もしていなかったのだろう。

王嶋はひどく驚いていたが、漣が促すと遺言公正証書に目を通し始めた。

瀬谷が亡くなって一ヶ月が経っている。

身内はいないと言っていた瀬谷の言葉に嘘はなかった。

漣は、弁護士としての能力をフル動員して調べたのだが、近しい血縁は全員亡くなっていたのである。

それでも根気よく調べて、ようやく又従弟《またいとこ》に当たる人物に行き当たったものの、瀬谷とは一面識もなく、しかも自身に相続できる財産が何もないことを知らされると、一切の関わりを拒んでくる始末だった。

業を煮やした涼子が、自分が仕切ると言い出し、付き合いの長さから愛人関係にあったのではと勘繰る向きの誤解も上手に利用して、漣とともに葬儀を取り仕切ることでおさまった。

病床に伏した瀬谷が、見舞い客全てといっていいほどに、あとのことは弁護士に任せると言って回っていたお陰か、事後もゴタゴタすることなく、遺言執行人となった漣は、スムーズに事後処理を済ませることができたのだった。

「ミストレルは柾輝にくれてやる。——アイツなら、そこそこ上手くやるだろう」

漣の脳裏に瀬谷の言葉が蘇る。

「弁護士のおまえに、ホストクラブをやれなんて言えないしな」

そう言って苦笑した瀬谷の表情が忘れられない。

どうしてこの男を愛せなかったのか…。

自分が非人情極まりない人間に思われた。

だが、そんな漣の胸中を瀬谷は察していたようで、最後まで悪びれない態度を崩さなかった。

病の苦痛を和らげるために強い痛み止めを打ったせいで、意識が混濁することもあったようだったが、漣の前では死を目前にしているのが嘘のようにしゃあしゃあとしていたのである。

今まで通りの態度でいるのが瀬谷に対する最大の気遣いだと涼子が言い、漣自身もそう思っていたから、腫れものに触るようなことはしないできた。

最後に会ったのは死の三日ほど前で、さすがに横になっていたが、帰り際には、危うくベッドに引き込まれそうになったくらいなのである。

突然のことでバランスを崩した漣を胸に抱き込んだ瀬谷は、あっという間に唇を掠め取っていった。

「冥土《めいど》のいい土産になるな…」

「随分安い土産だよな」

漣が軽口を叩くと、もう一度口付けようとしてくる。

「おい、いい加減にしろよ、オッサン！」

「安いって言ったのはおまえだろうが。なら、もう少しくらいもらっておいたっていいだろう」

「アンタ、病人だろっ。病人なら病人らしく大人しく寝とけっての！」

漣が説教しながら腕を振り解くと、瀬谷は可笑《おか》しそうにハハハと笑っていた。

それが最後――。

容態が急変したと涼子から連絡を受けて急いで病院に向かったものの、最後の瞬間には間に合わなかった。

何故だか泣いてはいけないような気がして、込み上げてくるものを必死に堪えていたのだが、先に来ていた王嶋に肩を抱かれた刹那、涙腺《るいせん》が緩んでしまう。

涙腺が崩壊してしまったかのように涙が溢れ、抱き締めてくれた王嶋のスーツを濡らした。

その後は、葬儀の手配やら何やらで怒濤《どとう》のような日々を送ったのだが、四十九日を前にして、ようやく落ち着いてきたといえる。

雑事だけでなく、自分自身の気持ちが落ち着いてきたのを自覚して、漣は瀬谷の代理人弁護士として王嶋を訪ねる気になれた。

遺言は、瀬谷の指示で漣が手配しただけに内容は熟知していたが、知らされたときの王嶋の反応が少なからず心配の種だった。

いらないなどと言い出されたら、どうやって説得しようか。それればかり考えていたのである。

しかし、王嶋自身は、瀬谷は、ミストレルを漣か現在の№1に遺すだろうと予想していたようで、自分に、との遺言がにわかには信じられない様子だった。

瀬谷の遺言には、資産の処分について細かい指示が書かれてあったが、その中にある「ミストレルは王嶋柾輝に相続させる」の部分をじっと眺めている。

「歌舞伎町の帝王なんて呼ばれるようにはなっても、瀬谷さんから見たら、俺なんぞ、まだまだ若僧だし、実際そんな風に言われてたのにな…」

王嶋が感慨深そうに言うのを、漣はじっと聞いていた。

そうして、思う。

ああ大丈夫だ。ミストレルは王嶋の王国になる。

瀬谷も草場の陰で、やれやれと思っているに違いない。

「――どうしますか？」

わかってはいたけれど、わざと、そう問うてみる。

「え？」

「売却するなら仲介しますが？　ミストレルの今の№1が独立したがっているらしいと聞いています。譲渡条件は価格次第になるとは思いますが…」

「おい…」

王嶋が咎めるように見つめてくる。

「誰が売るか」

ふっと、不敵ともいえる笑みを浮かべて、王嶋が言う。

漣の心を波立たせ、ときには情欲を掻き立てられるような、不遜で、悪い男を思わせる表情を向けてくる。

「ホストだったころのおまえがいた店を他人にくれてやるつもりはない。あれは、もう俺の店だ。誰にも渡さない」

誰にも渡さない、という科白が脳髄に甘く浸透して行った。

言いきる男に着衣を剝ぎ取られて、このまま床に押し倒されてもいいなどと腹の底で思っていることは絶対に内緒だ、と漣は思う。

悟られたら最後、腰が立たなくなるという比喩を実体験する羽目になる。

(それはゴメンだけど、激しくされるのは嫌じゃないんだよな…)

加減が難しいと思いつつ、口を開いた。

「では、ミストレルをどうするつもりです?」

そうだな、と王嶋は初めて思案する顔になった。

「うちのフロアを任せてるカツキは、ここの仕切りで手いっぱいだしな…。ミストレルの№1にそのまま仕切らせるっていうわけにもいかないだろう」

「では…、――ミナトに?」

「うちの№1か?」

ええ、と漣は頷いた。

「ミナトなら六本木でもすぐ№1でしょう。ミストレルは瀬谷さんが亡くなってからホスト達が意気消沈しているみたいですね。あんなオッサンでも人望はありましたし。ここ数ヶ月、売上は落ち込み気味です。だから、今のミストレルに梃入《てこい》れするには名案なんじゃないでしょうか？ミナトにはトップにありがちな傲慢なところがありません。他店のホストとも上手くやって行けるでしょう。あれで結構、仕入れのことなんかも考えてるみたいですしね。店長を任せても問題ないんじゃないですか？　それに、デランジェだって、いつまでもトップにミナトがいたら、かえって、下が伸びなくなるかもしれません」

実際、それは、傍で見ている漣にもわかる真実だった。

ミナトがずば抜けた売上を上げるので、他のホストとの差が開きすぎてしまうのである。

それは、ホスト達から、いつかは俺もNo.1にという気概を奪いつつあった。

ミナトがいなくなれば、誰が次のNo.1になってもおかしくない事態が生まれ、切磋琢磨《せっさたくま》するようになるだろう。

王嶋とて、そんなことくらい百も承知していただろうが、漣がミナトを誉める口ぶりなのが気に入らないようだ。

あからさまに不機嫌そうな顔になったかと思うと、いきなり漣を抱きすくめた。

「俺の前で他の男を誉めるな」

「心が狭いな…」

「おまえのお陰で、な…」

王嶋はにやっと笑い、口付けてくる。

いつもよりは少しキツイ感触のそれに、漣は心の中でほくそ笑んだ。

二人でいるときは決して嫉妬を隠さない王嶋は、今宵《こよい》もベッドの上で傍若無人に漣を蹂躙するだろう。

感情の赴くまま、手荒に抱き、熱っぽく攻め立ててくるだろう。

だが、それこそが漣の望み。欲するところだった。

次第に強くなっていく腕の力にうっとりしながら、漣は愛《いと》しい男の背中を抱き締め返した。

あとがき

お初に御目もじ致します。今泉《いまいずみ》まさ子《こ》と申します。

この度、アルル様のお世話になることになりまして、かなり緊張気味でございます。

あとがき…は本来、自著について解説したり、反省したりする場なのでしょうが、いつも鬱陶《うっとう》しいくらいに反省してしまい、ヘコみ具合が行間から滲み出てしまうので、今回は、全然関係ないお話をさせて頂こうかな〜、と図々しいことを目論んでおります。


本編を書いている間に、一つハマッタものがあります。

それは、苺大福…。

私の中で、菓子を大まかに分けるとしたら、好きなお菓子、好きじゃないお菓子、どうでもいいお菓子、に分類されるのですが、はっきり言って、苺大福は、どうでもいい、に分類されていました。去年までは！

見つけてしまったのです。すんばらしい苺大福を…。

巨大な苺を薄〜く包んだような餡と、もっちりと柔らかい表皮のハーモニー♪

上品な甘さの漉し餡と、それに負けないくらい甘味の強い苺だけれど、微かな酸味が餡の甘さを程よく打ち消してくれるのです。

ビバ、『鈴○』!! アナタ様のところの苺大福は素晴らしいっ!

あんまり素晴らしいので、何度でも食べたくなり、週に何度も買ってしまい、体重増加にまで貢献して下さいました。

お陰様で、人間ドックの計測の項目で蒼白になりました。

なんで、こんなにわかりやすいんだろう、アタシのカラダって…。こういう、打てば響くような反応は嬉しくない。

かなりヤバイので、最近は『○太郎』のかるかんに切り替えております。餡が入っていないので、あっさりとしています。菜の花が入っているはずなのですが、鈍いアタシの舌ではあんまり感じられません…。でも、目隠しをして食べたら、海○雄山だってあんまり気付かないんじゃないかなぁ…。おひたしにしたときのようなわかりやすい風味が消えてるんですもの。


こんなワタクシの妄想がテンコ盛りの話になっておりますが、多少なりとも楽しんで頂けたら幸いでございます。

ありがたいことに、またアルル様で拙著を発刊して頂けるようなので、これを機に是非ともご贔屓にして下さいますよう、お願い申し上げます。

今泉まさ子　拝

同時発売

アルルノベルス
大好評発売中

arles NOVELS

これが恋というものだから

妃川　螢

ILLUSTRATION
実相寺紫子

どんなに遠回りしても、
あなたに恋する運命。

花屋のオーナー未咲と会社経営者の国嶋は高校の同級生。忘れられない過去を秘めたままの再会は、すれ違いながらも花を咲かせて…。恋シリーズ第四弾!!

独裁者の求愛

あさひ木葉

ILLUSTRATION
海老原由里

その高慢な美貌を、
踏みにじってやろうか。

美貌と才能で合併を繰返し会社を拡大させる郁実。その成功を邪魔するのは因縁の鷹匠だった。プライドをねじ伏せられ調教されて…。

純潔を闇色に染めて

バーバラ片桐

ILLUSTRATION
藤井咲耶

ここが、上等な……になるように
仕込んでやるよ

路上で絡まれた美貌の書家・正範を救ったのは、鋭い眼光と存在感を併せもった我王。彼は若いながらも極道を束ねる、危険な男で!?

駆け引きはキスのあとで

今泉まさ子

ILLUSTRATION
タクミユウ

いい加減、限界だ。———抱かせろ。

端整な美貌の弁護士・漣は他者を圧倒する気配を持つクラブオーナー王嶋と出会う。彼に手腕を認められ顧問契約を交わす事になり―。

甘美な鎖

杏野朝水

ILLUSTRATION
小山宗祐

ただ、貴方の事が知りたかった…

母と自分を棄てた、指定暴力団北垣組組長の父へ復讐を誓う清良。だが、父の側近・岩佐の暖かな腕の心地好さに愛しさを感じ始め…。

定価：**857円**＋税

近刊案内

アルルノベルス
7月下旬発売予定

arles NOVELS

専制君主の蜜愛

あさひ木葉

疵つけられるのは貴方の腕だけ

ILLUSTRATION
海老原由里

秘書の冷泉は、ある悲劇の夜に社長の長能に抱かれる。失意の彼の慰めになるために。たとえ愛されていなくても――無償の至愛。

こんな、はかない恋。(仮)

松幸かほ

自分ばかりが恋しいのだと―
そう、思っていた。

ILLUSTRATION
実相寺紫子

絵を描き始めると他が見えなくなる拓実の為に一乗寺家本宅から使わされた遠野。いつのまにか拓実は、彼の存在に癒されていって―。

執事《ヴァレット》の秘め事

上原ありあ

蜘蛛の糸に絡め取られるように、
恋に堕ちて。

ILLUSTRATION
天城れの

母を亡くし、英国貴族の援助を受ける青蘭は、夏休みのバイトで古い洋館の管理を頼まれる。そこで端整な美貌の執事クラウドに出会い―。

灼熱の束縛者

藤村裕香

触って欲しいなら、私を誘いなさい

ILLUSTRATION
DUO BRAND.

服飾デザイナーの波瑠は、砂漠の国サイーフの依頼でウエディングドレスを製作するが、土壇場で波瑠が花嫁と入れ替わる羽目に!?

定価:**857円**+税

アルルノベルス 通信販売のご案内

代金引換と郵便振替のどちらかをお選びください。

代金引換

アルルノベルスホームページ上、または郵便で所定の事項をご記入のうえ、お申し込みください。

代金振込方法 商品到着時に代金合計額を現金でお支払いください。
（デビットカード、クレジットカードは取り扱っておりません）

指定業者 佐川急便

代引手数料 代引金額に応じた手数料をいただきます。

代引金額	代引手数料
1万円まで	315円
3万円まで	420円

代引金額3万円以上はお問い合わせください。何らかの理由で弊社に返送した場合でも代引手数料はいただきます。

お支払金額 本の定価合計（税込）＋発送手数料＋代引手数料
※ 発送手数料は1冊310円、2冊以上は何冊でも400円です。

【例】
- 1冊の場合 900円（税込）＋310円＋315円＝1,525円
- 2冊の場合 1,800円（税込）＋400円＋315円＝2,515円
- 3冊の場合 2,700円（税込）＋400円＋315円＝3,415円

発送日 お申し込みいただいてから2週間程度でお届けいたします。
1カ月以上経過しても商品が届かない場合は、お手数ですが弊社までお問い合わせください。長期にわたる品切れの場合には弊社よりその旨ご連絡をさし上げます。

郵便振替

郵便局の振込取扱票に下記の必要事項を記入して代金をお振込みください。

振替口座番号 00110 -1- 572771

加入者 （株）ワンツーマガジン社

通信欄 ご希望の書名・冊数を必ずご記入ください。

金額欄 本の定価合計（税込）＋発送手数料
※発送手数料は1冊310円、2冊以上は何冊でも400円です。

払込人住所氏名 お客様のご住所・ご氏名・お電話番号

◎お申し込みいただいてから1カ月程度でお届けする予定ですが、品切れの際はお待ちいただくことがございます。2カ月以上経過しても商品が届かない場合は、お手数ですが弊社までお問い合わせください。長期にわたる品切れの場合には返金させていただきます。
◎為替・切手・現金書留などでのお申し込みはお受けできません。
◎発売前の商品はお申し込みいただけません。
◎お申し込み後のキャンセル、変更などは一切お受けできません。（乱丁、落丁の場合を除きます）
◎ご不明な点は下記までお問い合わせください。

書店注文もできます

書店に注文していただくと、通信販売より早く2〜3週間でお手元に届きます（品切れの場合を除く）。送料はかかりません。ご注文時に、ご希望の本のタイトル・冊数・レーベル名（アルルノベルス）・出版社名（ワンツーマガジン社）をお伝えください。発売予定のノベルスをご希望の方は、書店でご予約いただいたほうが確実に入手できます。

〒111-0053 東京都台東区浅草橋1-13-3
（株）ワンツーマガジン社 アルルノベルス通信販売部
Tel.03-5825-1212
（平日午前10時より午後5時まで）

ARLES NOVELS

ARLES NOVELSをお買い上げいただき
ましてありがとうございます。
この本を読んだご意見、ご感想をお寄せ下さい。

〒111-0053
東京都台東区浅草橋1-13-3
㈱ワンツーマガジン社　ARLES NOVELS 編集部
「今泉まさ子先生」係　／「タクミユウ先生」係

駆け引きはキスのあとで

2007年8月10日　初版発行

◆著　者◆
今泉まさ子
©Masako Imaizumi 2007
◆発行人◆
齋藤　泉

◆発行元◆
株式会社 ワンツーマガジン社
〒111-0053
東京都台東区浅草橋1-13-3

◆Tel◆
03-5825-1212

◆Fax◆
03-5825-1213

◆郵便振替◆
00110-1-572771

◆HP◆
http://www.arlesnovels.com(PC版)
http://www.arlesnovels.com/keitai/(モバイル版)

◆印刷所◆
中央精版印刷株式会社

乱丁本・落丁本はお取り替えいたします。

ISBN978-4-86296-043-6 C0293
Printed in JAPAN